張雅婷 ：

生命在世，

死而無憾。

陳文津

2018春

[illegible]

跨界通訊

陳又津 著

目錄

春之章

老人去死

陳秋生　兩個月前

我穿上最好的西裝，整理領帶，口袋放好榮民證。人變瘦了，褲子腰帶繫到最後一個洞還太鬆。百頁窗的陽光斜斜射進來，我看看外面，沒有任何值得留戀的人。反正人老了，認識的人也都死得差不多。我把拉繩套上脖子，接下來就能跟我那些兄弟相聚。空氣逐漸稀薄，鞋子掉了，但我也沒辦法，就讓第一個發現我的人幫我穿好吧。靈魂往地獄的方向墜落，淡黃色的往生被輕輕地飄到我身上。

第一個發現我的人是印尼看護。

「伯伯你怎麼了。」眼睛大大的她檢查我的呼吸。

「沒什麼，我以為這是調整脊椎的帶子。」我說完，自己從窗簾底下爬出來，就像當年聽到戰爭結束從壕溝爬出來的時候一樣，腳步搖搖晃晃，扶著牆壁才有辦法前進。但我更怕醫院要我賠那個窗簾架，一套大概不便宜。

醫院病人常常說：

「我想回家。」

「如果我能出院，我要吃蝸牛炒飯。」

「如果可以出院，我要去台東養老。」

「如果可以出院，我要去泡溫泉。」（雖然可能心臟病發。）

「如果可以出院，我要去雷射老人斑。」（雖然可能誘發癌症。）

子。

如果人一定要死，我希望別讓菲傭幫忙換尿布，按摩身體，全身插些有的沒的管子。

我走下樓梯，整個醫院大廳，穿著條紋睡衣的老人連著尿袋或點滴在原地打轉，年輕的家屬哭了，刻意降低音量的哭聲，讓我也想哭。人一住進醫院，身體就不像是自己的，尤其是進了加護病房，頭髮一律被理成平頭。醫生護士一來，不是問候你好不好，是看你手環上面寫了什麼，還有床腳那張寫了姓名、病名的紙。點滴瓶上貼著標籤，一大堆看不懂的英文，只能相信打進自己身體一定是對的藥。

大家都很忙，只有病人閒著。醫生總是說，我們會全力搶救！結果明明簽了放棄急救同意書，知道救活了也變成植物人，還硬把人從鬼門關前搶回來。搞得人不像人，鬼不像鬼，身體連著手環、輪椅、點滴架、氧氣瓶。

總之，這種事我看多了。

*

沒意思，活著真的沒意思。

這醫院的冷氣是要冷死人嗎，不病都給冷出病了。護士走來走去，我覺得自己像石頭擋路，但是要快也快不起來，老人可憐啊。

跟護理站小姐借把刀，護士說，「老人家拿刀危險，北杯你要切什麼？」我要切開我的肚子，但怕嚇壞年輕小姐，只好說，「我忘了要切什麼。」

「沒關係，要的時候再跟我說。要記得吃藥喔。」

雖然她笑得很可愛，但這不是把我當老人癡呆了嘛。

既然刀子危險，可以借我一把尺吧。護士沒什麼懷疑就給我了。我拿著○○補習班的塑膠尺回到椅子上，悲憤往手上一劃。要死了，怎麼這麼痛，換成刀還得了！割腕這方式還是算了。

志工見了我說，伯伯你怎麼走得滿頭大汗？我腦中只想著這是人生最後的路，忘了在別人眼中，我看起來是什麼怪模怪樣，趕緊跑進廁所用擦手紙來擦汗，這個時代連烘手機都變了，不是以前那種溫暖的風，反而像一把刀切過去。這麼一嚇，我流的汗反而更多了。我逃，逃到馬桶上，坐在溫暖的馬桶，這是整個醫院我最喜歡的地方。

好不容易望見藥局，服務台的大理石櫃檯到人的胸口那麼高，形成天然的盾牌，裡面和外面的人只能看到彼此的頭頂。我大喊，有人在嗎？他們只顧忙自己的事，不然就是在打電腦、打瞌睡，我拿枴杖敲櫃檯，鐵打在石頭上，這把老骨頭都快散了，他們才注意到我。

我問能不能多給點安眠藥，因為睡不好，錢不是問題。

「伯伯，安眠藥一次不能拿太多，因為怕有人自殺。」剛畢業的年輕藥師說。

「我真的睡不好啊。」我說。

「可能有些藥混了安慰劑。」

「安慰劑是什麼？」

「就是沒有藥效的維生素。只是讓你心裡有數。」

難怪我吃藥都沒效！這些商人真的很過分，難道沒想過有人真心想要一睡不醒嗎？還是我們不死，最好還睡得不太安穩，他們才有錢可以賺！

「伯伯不要激動，我雖然不能賣你，但你可以去別的藥局買。」

藥師為我指了一條明路，也是一條絕路，另一家藥局在過街第一個紅綠燈旁邊，要我走這麼遠，不如死了算了！不管是誰，都不能阻擋我的決心。一個紅燈的時間只夠我走完三分之二，最後一小段把我撞死也好。但上天大概要考驗我的決心，讓我在車子開來開去，還有喇叭之間過了馬路。我站在路邊喘口氣，好不容易走到藥局，藥師跟我說只能買三天份。天哪！這是要我的命啊！

看來，只剩下跳樓。既然要死，就到頂樓去吧！

*

電梯沒到頂樓，得自己慢慢爬上去，我兩階休息一次。安全梯上面塞了很多雜物，棉被、玩偶、儀器，要在這裡摔倒，可能要好幾天後才會發現。我很怕，每一步都特別小心，就怕變得半死不活。

爬到門前面，綠色指示燈微微的光，感覺就像到了地獄，我以後會下地獄嗎？無所謂，我不入地獄誰入地獄，總比活著見到地獄好。

門很厚，怎麼樣都推不動。特別是對一個八十六歲的老人而言。

鎖轉來轉去就是不開，我不願意放棄，好歹爬了七七四十九階。我貼著鐵門，聽著對面水塔的聲音，想到鬼故事常有屍體藏在水塔，該不會這是個暗示？不對，如果鬼神有靈，應該會讓我發現屍體，但被當做證人訊問，免不了受到注意，這樣我的計畫很難成功。

門開了。

竟然是穿著白袍的醫生。

這醫生要勸我別死嗎？不，他只是來抽菸，這年頭抽菸的醫生特別多。他沒說話，也沒把我這老人家放眼裡。門開著，就自己走了下去。我走到圍欄旁邊，看著街上人來人往，一切歷歷在目。

再會了，這個痛苦的世界。

「那個賣餅的找錯錢了。」我聽到天空傳來一個聲音。

沒想到站那麼遠，還能看得清清楚楚，這八成就是人死前的迴光返照。那個聲音越來越清楚，人之將死，竟然能跟自己的靈魂對話。

我抬頭，剛剛跟我說話的人，竟然站在圍牆上面。

「你你你別站在那裡，掉下去會死的！」我說。

他說，我就是想死才站在這。但你說得對，這樣死不了，半死不活更糟糕。一個穿功夫鞋和條紋睡衣的老人，好好地站在我面前。

「叫我老姜就好。」他說，「醫生剛說我輕度失智。媽的老人癡呆就老人癡呆，換個名字也不會好。」

「怎麼會？我看你比我還健康。」

「那只是外表看起來。」他頂著頭髮全白但沒禿的腦袋，推了推玳瑁老花眼鏡，他說事情記不住，常常忘記跟人聊到哪裡，只好假裝是開玩笑。如果將來病重，連回家的路都記不住，只能在身上掛個狗牌，等別人送自己回家。

我說我也常常忘東忘西，忘了帶鑰匙回家，被鎖在門外。人老了就要服老，別想得這麼嚴重，何必死呢？

「那你上來頂樓幹嘛？」他說。

差點忘了我也是來死的。我說，「沒什麼，上來看看風景。」

「費那麼大工夫就為了看風景，我不信。」

「我攝護腺肥大，活著不如死了算了。」我說。

「我疝氣，上個月才開刀。」他說。

「我高血壓又胸悶，做了心導管手術，還是悶。」

「老人沒有不悶的，我做過心臟繞道手術，還不是挺過來了。」他說。

「我癌症沒救啦！」我說，沒想到這喪氣話，說起來還蠻有氣勢。

老姜點點頭，「還沒問你叫什麼名字？」

「大家叫我老陳，陳年高粱的陳，今年八十六歲。參加過徐蚌會戰，隸屬三三團。」

「三三老虎團！」老姜拉低眼鏡，繞過髒兮兮的鏡片，第一次正眼看我。

三三老虎團，徐蚌會戰的時候被圍困一個多月，連馬都殺來吃。一個月後血戰大王莊，幾乎全團殲滅，我額頭掃到砲彈屑，現在還有個疤，要不是受傷被抬回去，留在戰場早就沒命。老虎團一路上打過不少勝仗，但咱們最常做的還是望著天空，等國民黨的飛機空投物資，有時候丟下來砸死了自己人，大家還是搶啊，搶到了才能吃。好可憐。

老姜是情報員出身，現在說出來也不打緊了，反正都會被當作妄想。

難得有人能跟我聊過去的那些事，咱們索性聊開了。參加什麼黨不是咱們能選的，戰爭卻是咱們打。過去那些事，越來越沒人提。年輕人不愛聽，咱們自討沒趣，最後統統都進了棺材。

沒想到戰爭的苦日子捱過了，身體開始跟咱們作對，高血壓纏著我十六年，膽固醇過高也有二十年，心律不整至少也有八年。隨便一個病，都比戰爭長，隨便一個病，都會要了咱們的命。

老姜露出怪怪的微笑，門牙掉落的兩個缺口看得清清楚楚。

「時間很公平，老陳啊你看蔣委員長、將軍、總統還不是照樣翹辮子？前兩年還有博士來訪問，問我在戰俘營的日子，我雖然沒什麼學問和功勞，但好在活得夠久，能讓他把這些事記下來。不知道那個博士後來論文寫得怎麼樣了。」

我說，我記得眷村改建那時候，一群大學生來，送了我幾本他們刊出來的訪問，好幾年沒看了，不知道書還在不在。咱們這種小人物，沒想到有一天還能成為歷史，都要感謝學生。大學生問了好多，我從來沒想過的問題，有一回我突然想起家鄉的事，竟然哭了。自己的故事被別人看到，總算覺得活著有點意義，可是我更懷念跟老鄉一起，用家鄉話講故事。生命的最後一仗實在太漫長，也太孤單了。

「如果你不嫌棄我這把年紀，咱倆就結為異姓兄弟。」老姜撿起醫生捻在菸灰缸的菸屁股，還有打火機。

我想起自己戒菸快十年了，但反正要死，抽菸也不算什麼，接過那支菸。

老姜朗聲向天空道：「我姜福泰，民國十七年生，今年高齡八十八歲，願與老陳義結金蘭。」

我把菸舉到額頭，「我陳秋生，民國十九年生，今年八十有六，今後願與姜兄有福同享，有難同當。」

兄弟同心，就算不能同年同月同日生，也要同年同月同日死。兩個加起來一百七十四歲的老人合力關上屋頂安全門，在綠色指示燈的照耀下，一邊後退，用最保護膝蓋的走法下樓，踏上咱們最後的旅程。

＊

「你要穿這睡衣出去？」我對老姜說。

「怎麼了?我本來打算要死,所以把東西都處理掉,要穿著睡衣跳下去,算是對醫院的抗議。」

「你記得衣服丟到哪裡了嗎?咱們不能這樣出去,太引人注目了。」

「我想想——應該是廁所。」他說。

咱們搜遍整個醫院廁所的垃圾桶,就是找不到老姜的衣服。老姜越找越灰心,一邊咒罵自己的記性差,把剛認識的我拖下水。我想到來做身體檢查的人,都會把衣服脫下,放到櫃子裡面,不如找件代替的,至少從這裡脫身,再去別的地方買。結果老姜從更衣室裡面出來的時候,要不是玳瑁眼鏡,我根本認不出他。

麋鹿刺繡T恤,條紋睡褲,紅色棒球帽——配著黑色功夫鞋,總覺得不太對勁。

「你沒別的衣服了嗎?」我說。

老姜回答,「我看現在年輕人都穿這,想要試試看,畢竟這輩子從來沒穿過。死了還沒穿過就太可憐了。」

咱們推開鐵門,走進員工專用通道,兩旁放著儀器和冰箱。走到底,咱們就投奔自由了。

*

一踏出醫院，我肚子餓了。騎樓下賣燒餅、三明治、紅茶、烤鴨的什麼都有，捷運站前面還有個菜市場。這才是人間！我記得以前吊點滴，護士交代絕對不可以進食，會影響血糖，所以看別人吃便當只能在一旁乾瞪眼。有些人進了醫院再也沒吃過東西，點滴直接打到掛，比死刑犯還可憐。

人活著，就是要吃東西啊！我用最快的速度（大概三個紅燈的時間）走到櫃檯說，「早，我要一杯珍珠奶茶！」珍珠奶茶是台灣最偉大的發明，喝一口就不餓，吃完珍珠就飽了，只是珍珠有時會黏在假牙上面，有點不方便，所以我盡量不咬用吞的。

要了根湯匙，我像吃湯圓那樣，喝著那杯茶。我想，常有老人在喝珍珠奶茶或吃年糕的時候噎死，真羨慕他們，在子孫環繞的氣氛下吃得飽飽的，比起在睡夢中安祥過世，這大概是第二快樂的死法。

我每年最期待的就是過年，二女兒、三女兒帶孫子回家，大女兒雖然一直不結婚，但至少也會回家。大家一起過初二，到了初五就覺得好痛苦，因為她們要離開了。聽說老人最容易心臟病發的時間不是冬天的寒流，是春天回暖的時候，心臟負荷不過來，一下子就走了，但我相信，那些人是因為失望而死的。

不知道我的血糖和血壓現在多少，到底能不能死？

老姜沒回答，人不知道跑到哪去，一晃眼，老姜竟然在路上亂走！我丟下喝一半的茶，跑上安全島，想追上老姜。

「老姜！老姜！」我的聲音被喇叭淹沒，不對，應該說就是針對我按的。

老姜健步如飛，從快車道切到路肩，一腳踩上人行道水泥欄杆，笑著對我說，「你看，都是星星呢。」

如果跳下去的話，就什麼都結束了，我拉著他說，千萬別死啊！

老姜看著我說，「你是誰啊？」

糟了，我忘了他有老人癡呆。

「我是老陳，說好要一起死的兄弟。」

「原來是老陳啊！我知道，三三老虎團那個。」

我想到這個地方比頂樓強多了，「老姜你真行！從這裡跳下去的話，一定會死的。」

「我說要去死嗎？」

「咱們就是這樣才認識啊，但你不記得的話，就別勉強，想死的時候隨時都可以死

——」

老姜回頭看看車道，不等車子開過，就衝了出去。幸好車子本來就開得很慢，所以及時煞車。但老姜就像被磁鐵吸過去，整個人趴在車上。

駕駛下車，大罵老姜，「你要幹什麼，假車禍是不是？大家都有看到，今天鬧事的是你不是我！」

其他車子只是繞過咱們，沒人下來湊熱鬧。

老姜一臉雀躍說，「我抓到大魚了！」

「對不起——」我開口想調解。

「你們兩個一夥的嗎？別以為兩個人對我一個人，我就會賠錢，之前就上過你們的當。這次有本事就叫警察來啊——」駕駛氣得要命。

後面的駕駛停了車說，「有什麼要幫忙的嗎？有沒有人或動物受傷，要叫救護車、消防隊或警察來嗎？」

「要叫也是我自己叫！誰知道你跟他們是不是一夥，有沒有跟警察勾結？這年頭哪有人這麼好心，停車關心別人的事？」那駕駛一罵就停不下來。

倒是老姜直起身子問，「我在這裡幹嘛？」

駕駛整個爆炸，「你根本就是得了便宜還賣乖，知道詐騙不成故意裝傻，告訴你要脫身沒這麼容易——」

「你的車子有壞掉嗎？」老姜問。

「當然沒有，這雖然是老車，但我保養得像新的一樣。這部車比我老婆還重要。」

老姜打開駕駛座車門，「我這輩子沒坐過這麼好的車。」

聽見這話，駕駛的表情變了，像遇到識貨的同好，得意地說，「我特別訂作的義大利小牛皮方向盤，等了六個月才到貨。」

老姜拉開前門，摸了摸方向盤，向駕駛點頭讚許。

整條路變成我們的賞車中心。

駕駛請老姜上車，感受座椅的人體工學，我也上了副駕駛座，車內有一種高級的檜木味。

接著，老姜關上車門，發動引擎。

等一下！這是搶劫嗎？我人還在車子裡面。

「我要回家一趟，去拿我老婆的骨灰再死。你有什麼東西要拿嗎？」

「你現在是真呆還是假呆啊？」

老姜沒回答我的問題，只說，「剛剛死了的話，應該可以算是意外吧。」

「對。」

「下次要是看到我這樣，就別救我了。」
他點燃駕駛留在車內的菸，打開車窗，讓煙霧飄散出去。
車窗外的景物不斷後退。

夏之章

我們雲端見

江子午　現在

遙遠的星星穿過幾億光年，我看我這輩子都不可能活那麼久吧。躺在砂石車的車斗，我領悟了人生無常，這不只是十九歲青年的感傷，而是因為砂石車沒有避震。太魯閣的高山和河流在左右，落石隨時都會砸下來。怪誰呢，是我自己要搭便車環島旅行，本來以為台灣最美的風景是人，結果一直被拒絕，這幾天走得腰痠背痛，腳還起水泡，司機願意停下來載我已經不錯了。

前座的阿兵哥下車，司機叫我過來，跟我說他事業做多大，身上刺龍刺鳳，現在我雖然能用藝術的眼光來看，但當時不敢多問，只記得司機大哥左手拿便當靠車窗，右手拿筷子扒飯，只能用手肘開車。他的事業就是簽賭，上下游遍布桃園到台東，我不知道真的假的，但被臨檢應該會被當作共犯。我隨便找個地方，說我的目的地到了。

下車以後，附近除了空地和竹林，只剩一家城堡風格的汽車旅館。櫃檯那邊有兩個人顧，臉圓圓的應該是媽媽，女兒看起來年紀三十出頭，坐在旁邊玩新接龍，這不是二十年前的老遊戲嗎？她這個時間不用去工作嗎？這問題一冒出來，我就知道錯了，不要問，很可怕，那不是我應該知道的事。

「真的只有一個人嗎？」

登記完基本資料，老闆娘問了三次，害我懷疑背後有什麼我看不見的人。她給我房間鑰匙，交代如果有心事歡迎來聊聊，她的表情憂慮多過於歡迎。

電梯上樓，我眼前是五顏六色的寬敞車道，方便其他客人直接駛向房間，但我的房間在最後，剛才應該交代老闆娘要離電梯近一點。

傳說到了旅館要先敲門，告訴裡面的好兄弟打擾了。用廁所之前，一定要先沖馬桶。看到雙人床和浴缸，我幾乎要跪下了，環島這幾天睡的不是通鋪就是地板。退房時間是中午十二點，平常的話我一定很開心。但我要早點出門，太陽才不會那麼曬。

「你睡著了嗎？」

我才剛坐下，門板越敲越急，害我以為失火了。

門後是那個新接龍女兒，她說最近西瓜盛產，切了半顆給我，說完就走了。我捧著西瓜，想著等一下泡澡可以吃。端著西瓜放在洗手台，浴缸的水已經滿了。

咚、咚。門又響了，這次敲得比上次還兇。

「你不吃晚餐嗎？」

我不小心在浴缸睡著，外面已經天黑了，圍了浴巾開門，胖胖老闆娘衝進房間，用力吸鼻子，好像要揪出我抽菸的證據，但我根本沒抽菸，煙霧警報器也沒響。

「我們今天煮了晚餐，你要不要一起吃？」

汽車旅館還有一泊二食？賺到了！——我說穿好衣服就下去，但又覺得哪裡不太對勁，上網查了這間旅館的名字，果然，上個月有三名網友揪團燒炭，雖然沒有指出確切名稱，但從照片來看，就是我住的這間。

後來三人平安救出，但旅館的生意變差了，不然暑假旺季怎麼可能有空房？沒事就好，我下樓吃飯。

但下樓以後，畫面比我想像的還可怕。

送西瓜的小姐依然在玩新接龍，只是端了一個碗吃飯，餐廳桌上不是亮晶晶的外燴鐵鍋，而是湯碗裝的家常菜，像是麻油雞、咖哩、蒸蛋和炒高麗菜。

「砍飯砍得這麼硬怎麼吃？」老太太咬了幾口就吐在桌上，我家的貓也會這樣，吃一吃就吐了，但那不是貓，是人類老太太，她碎碎唸，「這間老人院水準怎麼這麼低？」

沒人說話，因為這裡是旅館，不是老人院。老太太對面坐了一個老先生，兩人應該是夫妻或母子，我沒辦法分辨這兩個人的關係，因為兩個人都很老——我終於意識到，原來人到了某個年紀，七十歲跟九十歲差不多。

從他順從的態度來看，應該是兒子。也難怪老太太會誤會，因為餐廳角落另一桌坐著另一個西裝老人，再加上打菜的氣氛，真的很像老人院。

「你小孩以後一定也會把你送去等死」、「生病到時沒人顧就知道」——老太太繼續叨唸，不知道我媽以後會不會變這樣，但我自己真心不想生小孩，每次在公車和捷運上面看到跑跳哭鬧的屁孩，都想把他們掐死。

這樣說來，小孩跟老人，無理取鬧的程度差不多嘛。

我想過，我二十歲就要去結紮，萬一要用再打開，大學畢業也不知道會找到什麼工作，只要好好照顧我爸媽和自己就好了，不，想得長遠一點，等我爸媽過世，我就可以去死了。

過去農村家裡都有十幾個兄弟姊妹，沒錢就送人當養女、童養媳，很多連續劇都是這種主題，劇情說有多慘有多慘。是說，既然養不起幹嘛要生，如果是為了勞動力，那養牛還比較有效率。

我出生的時代，有三個小孩的家庭很少了，但單身的叔叔阿姨過世，還是得找人捧香爐，女的還要找人冥婚，才有辦法入祖嗣，掛上一個名字，不然連死了都沒被當作真正的人。

到了我這一代，人類的性衝動已經變成精細的產業，ＡＶ、結婚、訂做小孩都是獨立的選擇，就像連鎖速食店加購套餐，愛自己也好，要做什麼模範媽媽爸爸也可以，省了很多產後憂鬱的患者。我以前看過一本書，男性殺人犯多半是無差別攻擊，但女性殺人有高達四成是殺掉自己的孩子，所以學校廁所、大樓水管、運行的火車、置物櫃都是棄屍的地方。母愛不是天生，世界上真的有人不適合當父母，當然也有人適合，這個世界真的不需要那麼多人類，人類終於發現這一點了，可喜可賀。

我這一代，是送終時代。

人類歷史從來沒有像現在一樣，有這麼多老人，多到可以討論老後生活組成銀髮社團，多到超越新生兒的數量，只是小孩有固定的量表，幾歲長牙、走路、說話，如果沒跟上，就是發展遲緩。老人的時程沒那麼固定，但一樣掉牙、坐輪椅、失語——如果一個小孩沒辦法負擔父母的老後生活，十幾個兄弟姊妹一樣有辦法推卸責任，總之呢，大家吃相都很難看，還不如一開始就認清自己的位置，我有這樣的覺悟了，我猜我爸媽也有，不然就不會說，生我一個兒子就夠了。

「你爸過世以後我一個女人拉拔你們兄弟姊妹五個人長大容易嗎」、「你一定覺得我早該死了」、「反正你殺我也不會判死刑」——是說老太太你罵你兒子就算了，口水可以不要噴到菜嗎？那道麻油雞我是絕對不會挾的。

沒別的可以罵了，老太太回到食物的話題，像新聞台一樣從頭開始，抱怨砍飯太硬什麼，「我不喜歡吃鳥梨，為什麼全部都是鳥梨？鳥梨很毒，你們要毒死我嗎？」

她面前是一盤黃澄澄、切成片狀的水果。

聽到這裡，我終於搞懂：鳥梨是鳳梨啊。砍飯，一定就是炊飯了！要吐槽的點太多了，就交給天吧。我不要介入這場母子對戰，簡單打了兩道菜，端著餐盤躲到角落。

後來有個女人抱嬰兒下來，老闆娘說是她大女兒。

難怪今天的晚餐有麻油雞，就是為了她剛生完小孩想進補吧，但夏天吃麻油雞，真是辛苦這位產婦。女人抱著小嬰兒，老太太眉開眼笑，嬰兒果然有特殊技能，可以解決一切尷尬。大家湊到小嬰兒旁邊，連新接龍姊姊都走過來，我其實有點怕，怕把細菌傳染給他。小嬰兒軟綿綿的，即使媽媽抱著，大家圍繞著逗弄他，我都怕他會突然掉下去。但媽媽只是搖搖小嬰兒的手，跟大家打招呼，「媽媽，我是媽媽。」

「阿嬤，」老闆娘說完，小嬰兒竟然哭了，媽媽轉過身安撫他，又指著她妹妹說，「阿姨。」我好像闖入了家庭聚會，突然被點名說「叔叔」。我揮揮手。老太太逗弄嬰兒，媽媽搖搖手說，「阿～嬤～」這次小嬰兒應該習慣了，好好的沒哭，老太太問是男是女呀，我鬆了一口氣，總算可以轉移話題。

「是女生。」女人說。

「也不錯啦。」一知道是女的，老太太一臉嫌棄。那個媽媽臉色也垮了。

我知道旅館為什麼提供晚餐，要把我們集合起來了。不久之前，有人揪團自殺，現在每個人在老闆娘眼裡，應該都有自殺動機。如果有老先生那樣的媽媽，不厭世也會厭世。我雖然沒那麼厭世，但一個人出來旅行，不是洽公辦事，這個年紀多半是失戀，很容易想不開——可以理解老闆娘的顧慮，所以我跟他們講起環島有趣的事，讓她稍微放心。

「對未來有規劃很好，你很乖。」

老闆娘你的定義也太寬鬆了，搭便車環島也可以算是規劃嗎？

「你明天跟我去買菜吧，菜市場有很多跑長途的。」老闆娘說，我可以坐她的機車到菜市場，再跟高麗菜還是什麼水果，一起被運到別的地方。

*

台東午後的積雨雲，從太平洋海平面聚攏。豔陽退下，暴雨如注，連雨衣和雨傘都擋不住，整個人就像在游泳池走路。我看不到前面的路，也看不到後面的路，甚至沒辦法判斷自己有沒有前進。感覺像是沒有過去，也沒有未來，現在的我真的是一個人了。我後悔自己幹嘛要環島。馬路旁邊有間健康取向的速食餐廳，大家都在那間店躲雨，我不顧一切衝進去，跟著大家從站著到坐著，從坐著到躺著，雨勢還是沒有減小。

平頭國中生站在弧形玻璃前面，眼睛盯著紅綠格子說：

「我要十二吋冷餐小樂隊蜂蜜核桃麵包加生菜酸黃瓜大黃瓜青椒和洋蔥火腿加五塊錢不辣不要橄欖幫我加黃芥末美乃滋。集點卡滿了要換洋芋片。餅乾選夏威夷豆謝謝。」

店員俐落身手，手起醬落，把料夾進麵包，然後問兩位老先生：

「先生要點什麼？今日特餐附贈餅乾，有黑巧克力白巧克力葡萄燕麥夏威夷豆，飲料有阿薩姆紅茶卡布其諾有機蘋果汁，只要九十九元喔。」

高老頭滿頭白髮，戴副太陽眼鏡，穿著肌肉型男代言的亮粉紅色麋鹿品牌T恤，下半身穿件條紋棉褲或內褲，腳下踩著功夫鞋。

另一個男人穿著白色背心和西裝長褲，頭髮灰黑參半，抹了髮油，側分成稀薄的油頭。說是油頭有點誇張，確切來說，那一片鋪在粉紅天靈蓋上的頭髮，比較像是撕碎的海苔。那片老男人勉力維持的尊嚴，無論是誰看到都會心生可憐吧。

高老頭冷不防被問到，把視線移到看板，像溺水一樣掉進沉默，幸好角落的數字像根浮木，把他的意識拉回來。

「一號餐。」

不管是哪個餐廳都會有一號餐，一號餐的存在讓人們免除思考的痛苦。

「今日特餐只要九十九元，分量加大不加價喔。」

「不用，我要一號餐。」

老人可能奇怪自己明明是在速食店，為什麼周遭卻像偵訊室，一樣慘白的燈光，還有消毒水的味道。

「好的，您的一號餐要什麼麵包呢？」按照員工訓練，店員流暢地不需要換氣，「我們有巴馬乾酪、蜂蜜核桃、德國雜糧，鄉村起司賣完了。」

「蛤？你說什麼？」

老人似乎是耳朵重聽，聽不清楚店員的聲音，提高音量再問一次。年輕的店員沒意識到這點，就用更快也更標準的速度重複一次：「巴馬乾酪、蜂蜜核桃、德國雜糧，鄉村起司賣完了。」

老人停了一會兒，盡量抓住那串話的尾巴，「鄉村起司是啥？我小時候就住在農村，山東人揉的那麵團之硬啊，連老奶奶的牙齒都會掉下來——」

這個老人有沒有在聽人家說話？我不是說鄉村起司賣完了嗎？店員臉上就是這個表情，但他還是好聲好氣，說明鄉村麵包帶有胡椒風味，實情是很少人點，所以這家分店從來不進鄉村麵包。只是總公司那裡不改菜單，繼續用這個理由告訴客人，就算你一開門就進來也吃不到鄉村麵包。另一個店員應該是二度就業的媽媽看不下去，跳出來接手，讓新手店員去招呼別的客人。

「那個媽媽乾酪吃起來怎樣？」

才沒有什麼媽媽乾酪，人家說的是巴馬、巴馬！我都要替店員失控了，但媽媽店員耐住性子，以客為尊，再度向客人解釋。老人似乎問出了興趣，連其他兩個口味都要打破砂鍋問到底，他的目光越過冰箱，越過店員，甚至穿透不鏽鋼烤箱，好像在回想他這輩子吃過的麵包。

「蜂蜜核桃有核桃，這不是廢話？但我牙齒不好，咬不動核桃，德國雜糧聽起來很健康，算了我還是點什麼馬，想起來了！美國總統歐巴馬——我點歐巴馬乾酪！」

媽媽店員面不改色。旁邊同行的老人還在比手畫腳說「我要那片菜」、「底下還有沒有新鮮番茄」、「肉給得太少怎麼吃得飽」之類。幸好冰箱的玻璃在店員和顧客之間隔出一段距離，就像監獄的會客室，不然店員一定會失控拿湯匙毆打老人。

「先生醬料都加嗎有美乃滋番茄醬芥末醬——」

「我不能吃，膽固醇很高。」油頭老人說。

「我們都要死了，還管膽固醇做什麼。」高老頭說。「加吧！全部都加！」

遠方的雷電自雲層擊發。

那台收銀機，大概停擺了半小時，才恢復原本的速度。

兩個老人手一直抖，端著餐盤，張望四周，想找個坐下來的地方。店裡人滿為患，年輕人坐著讀書、玩手機，或情侶膩在一塊兒，沒有適合兩個老人的角落。好不容易，窗邊角落的四人桌終於空出位置，老人拔腿就往那跑，然後一屁股坐在那，「快來、快來！」

同時，一個胖女人也看見這個位置，不知道是來不及，還是出於憐憫，她手上端著餐盤，只走了兩步就放棄。但原本依偎著的情侶立刻給她讓位，原來胖女人是懷孕了。總之，她的位置更安全，也不怕路人衝撞，我放心了。

我記得小學三年級的時候，爸媽不在家，第一次點餐很緊張，漂亮姊姊告訴我兒童餐有送玩具，還教我拿回零錢，說我很棒很勇敢。長大以後，我不點兒童餐了，就換成一號餐，反正我只要填飽肚子，選擇根本是多餘的。幸好這次帶了詩集，剛好打發時間，不然現在所有的插座全滿，連充電都沒機會，不過旅遊就是要戒斷網路。嗯，想想我這幾天根本都在忙著更新臉書，塑造環島熱血青年的形象，稍微看一下書吧。

從背包拿出詩集，跟外面的海岸線拍照，拿出裡面當作書籤的發票，我從上次沒看完的地方繼續。忽然，肩膀被撞了一下，桌上發票被拿走，撿破爛的老人四處跟人要發票，剛才那個平頭國中生不給他，他還會罵人，所以我被撞算還好的。

好了，我終於要讀詩，頭頂的電視又開始老生常談，老人福利專家說著現代社會讓人老無所終，其實都市更新房子拆了換小間，不用爬樓梯好整理，適合老人獨居的生活型態，接著推銷起養生村入住方案，這個置入性行銷也太明顯。戴眼鏡的禿頭男子嘮叨政府財政面臨赤字，知名作家談論成功老化的訣竅，養生樂活追求自我，我看我老了可能要談魯蛇老化，但應該沒人會找我上談話節目。

話說回來，這個知名作家一點都不知名啊，真正知名的ＸＸＸ和ＹＹＹ，只要作家兩個字就夠了吧，這道理跟知名演員通常不知名的情況一樣，不然直接說出ＺＺＺ，大家也知道ＺＺＺ做什麼工作，演過什麼電影。算了，我還是不要在這邊做文章。因為作品而成名的作家也好，因為成名而開始寫作的作家也好，以前寫過好作品，後來都在混吃等死的作家也好，預支作家頭銜後來真的寫出名篇的新銳也好，得了ＮＮ獎之後，大家一直說他走下坡的中堅作家也好，如果把作家當作上班族或公務員來看，大家只是混口飯吃。只是，其他工作有「前獸醫」、「前總統」、「前妻」的說法，產品是作品的人不知道該說是幸運或不幸，只要作品被大家承認，那就是藝術家、作家、〇〇家，永遠沒有退出的機會。就算死了，也是變成已故〇〇家。反過來想，就算你寫了一輩子，但作品沒發表或發表了沒被承認（各式各樣的承認，這點請大家去問業界），大家還是不把你當作家看，少數有好朋友或兄弟姊妹親戚從事藝術經紀，還有扳回一城的機會，在死後被追認為〇〇家，但就算被追認頒發總統獎章，你也享受不到了。

高老頭和小油頭走到一輛墨綠色 Honda 旁邊，那台車橫據兩個停車位，這種停法不是技術爛，就是飆車來找碴。如果是他們，我懷疑兩種可能都是。後照鏡掛串佛珠和鐵牌，顫抖得像是風中殘燭。老車似乎連發動都很吃力。如果可以，我也想用自己的方式幫助老人，對這個社會有點貢獻，我收了桌上的東西衝過去。

「伯伯好，我現在環島，請問你們要去哪？」話一說出口，才發現我這是電視行腳節目的口吻。

他們竟然要從台灣最南端開到台北，「不知道什麼時候會到」，「你搭火車比較快」，但我知道老人最不擅長拒絕別人，說不定有機會一趟車就回到台北。掌握方向盤的油頭老人打量我一下，然後精神一振，像發現什麼寶貝：

「你看他帶著山東老鄉的詩集，一定不是壞人。」

「鄭愁予是山東人？」我說。

副駕駛座的高老頭瞄了我的詩集，沒說一句話，拿出兩個硬幣，高老頭雙手合十：

「弟子姜福泰，在路邊遇到一個年輕人，請示榮民兄弟要不要給他坐車？」

兩個硬幣旋轉，一正一反。高老頭看著我，像是千百個不願意，但是更不想違背榮民兄弟的建議。

「他們說可以。」

榮民兄弟是吧？我會代替你們照顧兩個老人的！

＊

雨過天青，剛才的大雨就像笑話，陽光從蜿蜒的山路射進來，我們不斷被超車，這也難怪，因為老人的車速只有四十公里。說也奇怪，竟然沒人按喇叭，後來我才知道車屁股警語是：「生而在世，死而無憾。」

兩個老人什麼都沒問，虧我準備了很多話題，人老了以後就會這樣沒好奇心嗎？每天坐在捷運上，我都想知道旁邊的人在做什麼，煩惱什麼，夢想是什麼，你們就不想問我嗎？我啊，現在念外文系，平常住男生宿舍，興趣是游泳，沒有女朋友，雖然遊戲裡面很多。也沒有男朋友，雖然我支持多元成家。女生也很喜歡看男生靠得很近很近，有時候我會配合，讓她們開心尖叫，但也就這樣。我實在無法坦率地喜歡男生，也無法坦率地喜歡女生，人類這種東西到底有什麼好啊？總之三次元的人類相處起來都好麻煩。我超喜歡看漫畫，但是不會畫，以後也許寫小說，但覺得這行好像沒飯吃。

「你說你在幹嘛？」高老頭打破沉默。

「環島。」

「好手好腳為什麼要環島？你不去工作嗎？」

本來我也想趁暑假打工，因為我在安親班做老師，但輪班的同學說他爸媽離婚，要自己賺學費，我把時數讓給他，自己就沒事做了，這個時間才找打工也都被搶光了。回答完，高老頭睡著了，頭一點一頓，擺明沒有在聽，車內恢復寂靜。過了三到五分鐘，這麼長時間的沉默，剛才沒加入話題的小油頭問：「環島是什麼啊？」

咦，你反應也太慢了吧！我不是一開始就說了嗎？我說我在旅行，沒有一定的目的地，只要回到宿舍就好。

「這樣你的起點和終點不都是一樣的嗎？」小油頭一針見血，但又覺得很有道理，「回家才是最重要的。那時候我一離開，沒想到這輩子再也回不去。」

不不，不是這樣，雖然我和爸媽感情普通，但除非台灣分裂成兩塊，地理上的兩塊，不然不會這麼慘，你不要那麼同情我啦。

油頭伯伯的眼睛很小，小到我懷疑他沒張開眼睛，偶然聽見他咕噥幾句什麼，仔細聽，才知道他在唱歌：

也許有一天我老無所依，請把我留在，在那時光裡

如果有一天我悄然離去，請把我埋在，在這春天裡

記得我阿公就是春天走的，我從小在南投被阿公帶大，唸幼稚園大班的時候來台北，大家說的話我都聽不懂，過了一陣子才知道這叫「國語」，怕死了，乾脆一個字都不講，我媽以為我學習遲緩，帶我去醫院檢查。一年以後，我確定自己不會講錯，才敢開口說國語，但就像等價交換一樣，我現在一句閩南語也沒辦法完整講完。

小時候的我覺得爸爸是陌生的叔叔，那之後，只有過年才看到阿公阿嬤，阿公是元宵節過世的，心肌梗塞。因為剛回去過寒假，我爸說他自己處理就好，反正我回去也見不到最後一面，到告別式現場的時候，看到他的遺照，我還是沒有阿公死了的感覺。

冬天不是人最容易死的季節，春天才是，萬物生長都騙人，春天忽冷忽熱，人的血管不是那麼有彈性，心臟血管收縮來不及舒張，忽然就死了。後來我聽到一種說法，老人是因為失望死的，因為跟大家碰面以後，還要再等一年。

一年，對老人來說太久了。

可我感覺卻是那麼悲傷，歲月留給我更深的迷惘
在這陽光明媚的春天裡，我的眼淚忍不住的流淌

我看同學的爺爺奶奶死的時候，他們不太傷心，我很生氣，為什麼我要怎麼早就遇

到這些？聽著伯伯唱，不知道他心裡想些什麼，這時候車上忽然冒出一句：「胎壓檢測完成，安心上路。」

「車都開了這麼遠，現在才檢查胎壓？」

我的心臟有那麼一瞬間，漏了一拍。但油頭老人好像完全沒發現。

「我叫老陳，旁邊是姜公。」

現在才想到自我介紹，他們肯定漏了更多拍。我有種不祥的預感，天空急遽暗了下來，後照鏡掛的除了佛珠，還有寫了名字的兵籍牌，陳秋生、姜福泰，兩個名字像兄弟一樣，緊緊靠在一起。

駛出隧道，過了山區公路，遼闊無際的西部海線還沒到，但視野開闊起來，變成八線道。想超車的一口氣踩下油門，消失在遠方。老陳一心往加油站殺去，連方向燈都不打，停在休息站門口、五層樓高的恐龍造景下方，這樣就不怕忘了停車位置。

我看著這隻大暴龍，與其說是公共藝術，比較像是小孩不要的玩具。下車的人們急匆匆趕去廁所，出來的人倒也不急著回來，這種休息站沒地方睡覺，沒土產好買，更別說兒童遊戲場，難怪大家瞬間失去動力，又要等駕駛恢復體力。只好集合之後，跟著牆面的燈光散漫前進，晃到一旁的蘭花館，但就連展覽館也充滿不上不下的自暴自棄。蘭花館內全是日光燈，像花市一樣擺滿盆栽，只是沒看到標價，大概也賣不出去，原本應該坐在位置上的人不見了，留下許多金魚草和剪刀。

這一條到底的展覽館，到了中間，忽然展示各種蝴蝶標本，同一種蝴蝶有十隻二十隻，但即使是同一種蝴蝶，花紋也有些微不同，沒有投射燈也沒有特殊布置，這些蝴蝶靜靜棲息在樸素的玻璃木盒，感覺就像走進人家堆雜物的鐵皮屋。

「我小時候沒有玩具，就抓這些蟲子來玩，也不知道牠們吃些什麼，要不就是抓些蜻蜓，我父親在牠們的翅膀上塗藥，毒死老鼠。」老陳說。

但不管被做成標本，還是被老鼠吃掉，對這些蝴蝶來說都一樣。如果可以買盆蘭花什麼的，心情大概會好一點，但那個空位還是空著，沒人解答我的疑問，這盆蘭花多少錢，展覽館是誰蓋的，為什麼有這麼不搭的恐龍？雖然我也不是多想知道，但總比什麼都不知道強。唉，就算是便利商店的咖啡也好，多少算是感謝這個加油站的存在，我問兩個伯伯要不要喝，我請客，但他們兩個都拒絕我的提議。

「不要！」「我不喝那種東西。」

「沒吃過更要吃，有些事現在不做，將來更不會做了！」我沒說的是，老人跟年輕人不一樣，到了這個年紀，如果不試，這輩子就沒機會了，從哪裡跌倒就從哪裡爬起來，你們都能挺過潛艇堡的危機，區區咖啡一定也難不倒你們。

「那時候大家都盯著我們看，真的很想死。」老陳說。

「你為什麼要死？該死的是他們才對。」姜公說。

哪來這種暴力老人啦！我可不想捲入什麼糾紛。幸好姜公只是嘴巴講講，從前座拿出平板電腦，登入遊戲，對現實的不滿全轉移過去，原本以為他打的是普通益智遊戲，結果畫面是彩霞滿天，辣妹走過，群鷗飛翔。

「遊戲開始了！」

姜公緊握平板電腦，老陳從駕駛座湊了過來，我巴著車窗，拚命接近遊戲，場景在一座繁華城市，螢幕裡的主角臉上有刀疤，開台紅色跑車在海邊公路晃蕩，主角在玩具店買了面具，隨機開到高速公路旁邊的速食餐廳，接著開槍掃射路人！沒多久，戴猴子面具的主角在警方圍捕下中槍身亡。還好是電動，不然我早就掛了。復活以後，我們一起到橋墩下的脫衣舞俱樂部，女郎領著我們進小房間，而我們要盡量觸摸螢幕，提升她的好感度，又不能被房間外面的守衛看到，我們三人擠在車上看螢幕。

「可以摸了。」「來了來了來了！」「快摸快摸快摸！」

這個遊戲太真實了吧，豔舞三點全露跳成這樣，我想知道後面到底會發生什麼事，結果一個不小心，女郎滑倒在地上，害我忍不住笑了。

「你笑什麼？」姜公忽然收起笑容，「你不是要買咖啡，還不趕快去買。」

「伯伯你們要喝拿鐵、卡布奇諾、還是美式咖啡？」我問。

「拿鐵是什麼？」本來說不要的老陳其實很想知道。

「就是牛奶加咖啡。」

「那卡布奇諾是什麼？」

糟糕，我後悔問他們了，雖然我們這次不用卡住隊伍，但就算每個字都認識，組合起來還是不知道是什麼意思。

「我們跟你喝一樣的就好。」老陳說。

鬆了一口氣，我飛奔去點三杯美式咖啡，少冰半糖，還有正常的潛艇堡，集點卡上順利湊滿印章，拿著當地限定的咖啡杯，拍照打卡，為這次的環島做下見證。

「誰稀罕你的同情，我就愛吃白麵包，才不吃什麼漢堡。」姜公挑出火腿和生菜，我懶得糾正他那個不是漢堡，是潛艇堡。

「為什麼只有你有卡片？其他人沒有？」「為什麼他們給你咖啡杯？」「用自己的杯子裝會給你比較多嗎？」我一一解決這些問題之後，暗了的天空，變得更黑了。

*

「今天有造勢晚會嗎？」

「是藝術節啦。」

這裡平常沒幾個人要來，說是荒郊野外也不過分，可是我們偏偏碰到塞車，說是文創藝術節，文創和藝術這兩個詞發明出來應該是正向的意思，可是此起彼落的○○節和××園區，不知所云的浮誇品味讓這兩個字貶值之後，還有種罵人的意味。我們上網，飯店一位難求，能搭帳篷的地方也有人占位，我們只好去火車站周圍碰碰運氣。

手機導航因為交通壅塞，不管走高架還是平面都不樂觀，更糟的是網路塞爆，高架橋又擋住訊號，導航連定位都有問題，更別說搜尋。

「導航是不是這個東西？」

老姜按下開關，Nokia 3310 亮起，這不是十幾年前的手機嗎？黑白介面，待機時間超長，據說是金剛不壞之身，但他們說這個可以當導航。

「我們要找住的地方。」

「即將前往，極樂王國。」

那手機還真的能自動聲控，不管了，雖然名稱有點詭異，但有得住就好。

「六百公尺後，請靠左。」

「不要轉那麼快！」我大喊，後方來車差點撞上。

「我哪知道六百公尺是多少。」老陳說。

上了高速公路，周圍一樣全滿，導航剛上去就決定下匝道，未免也太慘了。

「靠左，然後微靠右。」

「到底是靠左還是靠右？」老陳快瘋了，車速幾乎靜止。

「笨蛋！匝道不可以倒車。」

「請回轉。」導航又下了新指令，我們完全亂了套，回轉你的頭啦，這導航有病嗎？

「到底要往左還是往右？」老陳問。

「你先開就對了！」我說，「不要煞車，後面要撞上來了！」

下了匝道，我們在堤防道路上驚魂未定，後面的車一直打遠光燈，甚至繞到我們旁邊，姜公準備要罵人，但對方好像有什麼話想說。我搖下車窗，才知道他說，「你們車子冒煙了！」

他沒說謊，只是剛好在柱子轉角，車內的人看不見。老陳趕緊靠邊停車，姜公打開前蓋，更多白煙從裡面冒出來，要不是剛才的好心人鍥而不捨，我們大概火燒車了。

「沒什麼，」姜公說，「水箱沒水而已。」

老車跟老人都很難捉摸，我們只是煞車，也沒踩幾次油門，竟然就冒煙了。

「都是你們開什麼導航，走老路就好了。」

「我記得以前這裡明明有捷徑。」

「現在都蓋大樓了。」

不管導航指令，我們順利到了火車站，找到破舊的○○大旅社，會加上大字的，就表示很小，客滿機率最低。我全速跑上樓梯，說我們有三個人，擠一間也沒關係。面無表情的工讀生推出簽名簿，還有一間大的，大家趕緊提了行李上來，老陳和姜公補上證件。

「對不起，我們不收超過七十歲的客人。」

「你剛剛怎麼不說，也沒寫在門口！」

「老闆規定的。」

「我要投訴！你叫什麼名字？」

「算了算了。」老陳常常遇到這種情況，說自己身體也不好，不能害人家做生意的地方變成凶宅。

你們兩個，是抱著隨時會死的覺悟活過每一天嗎？

「你別管我們，你有房間就住，我們去睡車上就好。」

我們都一起走到這裡，怎麼可以拋下你不管，大不了去派出所洗澡。

「我們都不知道警察局有這個。」「我也是網路查到，但一直沒用過。」

洗完澡，我們看了看便利商店門口，一個人住帳篷還好，但死活挪不出三個人的位置。搜尋地圖，我發現有公園，但連公園都很熱鬧，圍著禁止進入事件現場，救護車和警車在附近徘徊，聽圍觀民眾說有個遊民被圍毆——看來這個夜晚注定不平靜。

上車，導航詢問：「衛星定位完成。是否繼續前往原目的地？」

事到如今，我們也沒更糟的選擇，就算打開手機，我也不知道要搜尋什麼，大家都累了，就隨便導航帶路吧。車潮沒了，路燈越來越少，周遭景物越來越荒涼，芒草長得比人還高，甚至有點涼意。

「前面真的有旅館嗎？」

我回過神來，用手機搜尋「極樂王國」這個旅館，但沒有任何資料。

「請繼續直行。」導航說。

「停車！」我大喊，因為手機地圖沒有路了，這片空地根本沒有任何旅館。

第十一號國軍公墓，就在我們前方。

「這裡很熱鬧喔。」

不是我、不是老陳、不是姜公，是某個年輕男生的聲音。

周遭沒有別人。

沒有人敢說話，聲音繼續從車內傳來。

「我只是搭便車出來玩，別緊張，再開上去一點吧。」

不能回頭。

我以為只有人會搭便車，沒想到鬼也需要。

「別把我當作鬼嘛，你也可以叫我 Siri，遊戲暱稱是永恆星嵐。」

你不說我還沒想到，這樣我以後要怎麼面對 Siri？不，就連還有沒有以後我都不知道了——

「小兄弟別緊張，我們是自己人。」老陳說，「只是怕說出來嚇到你才沒說。」

「誰跟鬼是自己人？他根本不是人！而且你們是什麼關係？」

「我們是網友。」

「幹嘛不早點跟我說？」

「我忘了。」老陳說。完了，我要死在老人的記性上了，親愛的爸爸媽媽你們要好好照顧自己，不肖兒先走一步了，早知道就不貪小便宜搭便車。

手機要被沒收那天，永恆星嵐握著手機從十三樓的窗口跳下來，人死了，手機奇蹟似毫無損傷。死了之後，永恆星嵐搞不懂自己為什麼在殯儀館，姜公他們正好幫朋友辦告別式，兩邊認識了，就決定一起旅行。

「這個墓園很豪華，有涼亭、水龍頭，真的很不錯。」姜公說。

車門開了，一個黑衣少年打開黑傘，自己走在月光下，往上坡的地方走。忽然，他回頭笑了，彈了手指，汽車音響打開，車窗飄來鄧麗君甜甜的歌聲：

如果沒有遇見你，我將會是在哪裡？
日子過得怎麼樣，人生是否要珍惜？

這座墓園裡面，應該有很多鄧麗君的粉絲吧。難得大家聚在一起，就當聽場音樂會。不管是蔣公還是將軍，老鄧還是小鄧，一樣都死了，有人記得他們的名字，所以就像從來沒離開這個世界。而我眼前的這兩個老人，雖然沒斷氣，但活著也等於死了，因為他們喜歡的、討厭的、記得的人都不在了，他們自己也很快就要被人忘記。如果可以選擇，哪一種生命比較好？幸好這種選擇根本就不存在，搞不好我明天就死了，想這麼多也沒用。

老陳來到墓園，一樣維持他的步調。

「兄弟打擾了，你最近好嗎？官做到將軍這麼大啊，不簡單，子孫看起來都很孝順你，一定很有出息，我們吃這個，先讓你聞一下，反正我們也很快就要下去陪你了。」一劈頭對墓碑說了一長串，我都感動了。

「這個人你們認識嗎？」我問，也許是耳聞其名不曾相見，打過同一場戰爭，也算是緣分。

「不認識。」老陳說。

不認識還可以聊這麼久！但老陳這麼一聊，我也沒那麼緊張，像是到了哪個爺爺家借住。只不過這官不管多大，終究還是沒像兩個爺爺這麼高壽，不知道他心裡有沒有不甘願。但說真的，這座墓之氣派，前庭有屋頂，周圍灌木經過修整，洗手台做成虎頭，比很多露營場地還好，以後環島可以考慮住這種地方，不，環島這種苦差事我還是別再做了吧。

老陳用兩個十元硬幣擲了三個允爻。

「將軍說我們可以住這，拜拜的祭品也可以吃。」

於是我們就不客氣住下了。

樹影斑駁，隨時都好像有人來了。

老陳翻來覆去睡不著，說是風濕關節痛，吞了一堆藥丸之後，沒多久就開始打呼。

姜公還在看電視劇，長達五分鐘的廣告竟然也不跳掉，有這麼好看嗎？藍光在他臉上更加恐怖，原本的皺紋顯得更深了，看他已經閉上眼睛，就幫他把連續劇切掉，結果聲音沒了，他立刻醒來，說我還要看你怎麼關掉了。

算了，手機明天早上沒電我也不管你了。

*

四五點，天還沒亮，周圍一陣狗吠。

「這個拿著。」老陳把枴杖遞給姜公，我拉出自拍桿應戰，大家前去查看。

一群野狗圍著一隻小狗，小狗似乎混了鬥牛犬，身形雖小但威風凜凜，嗚嗚討饒的聲音來自矮牆後方，那邊躲了一隻大狗，純種的黃金獵犬呆呆咬著饅頭。

雙方對峙，小狗保護大狗，雜種狗保護名犬。

兩個老人揮舞枴杖，我也拿出手機，放出只有狗才能聽到的超音波。不知道是哪個方案奏效，那群狗真的閃了，只剩下黃金獵犬衝過來對我們搖尾巴。

這隻狗年紀大了，走路一跛一跛，眼睛掛滿眼屎，毛色也逐漸褪白，沒有十歲也有八歲，很可能是被人帶到公墓棄養。我們回到將軍墓，那狗也跟了過來，姜公挑出他之前不吃的火腿和生菜，丟給那狗，那狗吃得津津有味，更不願意走了。

老陳提著水桶，我們又沒燒紙錢，結果他在那洗起車來！

「醒了也是醒了，天氣不熱，又有免費的水。」

姜公也拿塊抹布，使勁抹去車身泥濘，兩人你一句我一句，我來來回回提水，狗一看我開水龍頭就跑來玩。聽著他們說，你看這頭燈，現在都換成ＬＥＤ，日本人雖然邪惡，但做出來的東西真漂亮。（但我怎麼看只覺得很暗。）還有這沉穩的綠色，看了叫人心情平靜。（只是那時候的流行。）馬力強，爬坡就是有力。（省油才是王道，誰一天到晚去山區啊。）

看著他們兩人拉著抹布喊一二一二，最後還對車子說，你也老啦，側視鏡那邊掉漆，老陳拿出同色油漆筆塗抹。聽到後來，我都覺得他們把車子當老婆了。這大概是屬於時代以及老男人的浪漫。

最後，車洗乾淨打完蠟，狗還不走，車子發動以後，我從車窗丟根樹枝，那狗立刻去追，等狗發現的時候已經來不及了，雙方漸漸拉開距離。

「停車。」姜公說，「我說停車，沒聽到嗎？」

好不容易拉開的距離又一下子縮短，「小黃，上車。」

小黃？姜公連名字都取了，在車門旁邊吐氣的大狗，聽到指令就跳進副駕駛座，熟練地縮成一團。這狗這麼大隻叫小黃，未免沒有節操，但人窮志短，狗大概也一樣。

不知道是不是我的錯覺，後來車子發動，那隻雜種狗也來了，牠盤據高處，沐浴在陽光之下，君臨墓園，確定我們真的離開了牠的領土。我想扔幾塊麵包給牠，但牠毛色油亮，應該可以好好活下去。

「往海邊的話，開濱海道路比較快喔。」明明沒開導航，那個聲音又回來了。

「你怎麼還在？」我說。

「看你們睡得很好，就不打擾你們。」

這鬼跟定了是吧？我還以為白天就會消失，但他說數位時代以後，反而更方便了——光想就覺得可怕，我受夠了。但害怕也不是辦法，我在公墓下車，一定沒人會讓我搭便車，這小鬼叫做永恆星嵐是吧，就當你是進化的Siri吧。

＊

「你是誰？」姜公睡得東倒西歪，一醒來，對老陳說這句話。

「我是老陳啊。」

「騙人！老陳哪有這麼老！」

「你看你，你也老了啊。」

姜公點點頭，隨即搖頭，「不對！你們是匪諜，把我身邊的人都調查好了，這就是證據！」姜公從襯衫口袋拿出一張護貝卡片，「雖不能同年同月同日生，但願能同年同月同日死。——你們給我搞這自殺宣言是不是？我不幹，你們一定是匪諜！你們共匪這套我還會不知道嗎？」

「長江一號，你就逮捕我吧！」老陳說。

「我？長江一號？」

如果姜公繼續折騰老陳，我們可能會在高速公路翻車。但既然你們都說我是，那我就是長江一號。

「保密防諜人人有責！姜先生，我是長江一號，一直在追蹤這名匪諜。」

我按住兩人的肩膀，避免姜公妨礙老陳開車，至少能安全抵達休息站，其他到時候再說。到了休息站，姜公還沒忘記我們這齣戲，堅持牽制老陳，連上廁所都要同行，我去買便當回來，他還主張一定有毒，連水都不喝。這種情況只能儘快回榮總拿藥了。

「小弟，等一下你開車。」老陳說。

「我？我不會開車，駕照只是拿意思的。」

「上個月要補考道路駕駛，但是我沒過，現在的駕照已經過期了。」老陳說。

「現在汽車不是能自動駕駛？」對了，差點忘了車上還有另一個乘客，「永恆星嵐你可以吧？」

「我只有用搖桿玩過賽車喔。」

車上只有我一個人有合法駕照?!這樣對嗎?

可是現在姜公病發,只有老陳能安撫他。「我也是不得已才加入共產黨,老婆孩子都在老家——」這套說詞似乎說了很多次,姜公聽得一愣一愣,又是流眼淚,又說國家對不起老陳。

左邊是煞車,右邊是油門,目的地是榮總。

「我們把自己交給你,走吧。」

「胎壓檢測完成,安心上路。」永恆星嵐加速檢查胎壓,看來駕駛換人,他自己也有警覺。

「等一下,為什麼車子不會動?」

「你要先換檔。」永恆星嵐說。

太緊張了,車子還停在P檔,第一次開車上路,就要面對高速公路,希望周圍的駕駛不要隨便切換車道。

「加速!」永恆星嵐下令,經過大型車的時候我心臟都快停了。

「我們現在南下還是北上?」「左邊是榮總!」「剛剛說靠右。」

走錯道,我立刻急轉,穿越槽化線,後方喇叭大響,司機好像還罵了髒話。距離榮總只剩一個街口,我遠遠就看見黃燈,穩穩停在機車停靠區後面。一個老人以極慢速度穿越斑馬線，他的髖部就像被鎖住，十五秒只走了三格白線。

綠燈亮了，但我們不能動。叭叭，我們後面的車子按喇叭，老人距離安全島還有七格。

叭叭叭。後面的駕駛像在告訴我，路是路，人是人。但我人在車內，不知道這台車到底有多大。

老人走過一格了。

叭叭叭叭。

「我以後就會變成那樣吧。」姜公說。

後面的車繞過我們，從老人身後過去了，後面依序跟進，我們乾脆擋在這裡讓老人走到安全島吧。

叭叭叭叭叭。

「叭屁啦！沒看到人家過馬路喔！」雖說如此，但我只敢在車子裡面回嘴。

結果我們跟老人一起過了三個紅燈，等他走到安全島，還剩下一半的長征。

「我們以後都會變成那樣。」我說。

「怎麼是你開車？」姜公說，「我怎麼會在榮總？我的藥什麼時候吃完了？」

這個插曲讓姜公清醒了，從情報員回到老人的角色。

兩個老人熟練地穿過醫院重重關卡，老年醫學科在K棟九樓，幸運的是這裡只有三四個人候診。但這裡跟別的地方不一樣，一個病人進去，快半個小時才出來，我們擔心過號，連遊戲都不敢打開。結果比我們晚到的病患也進去，姜公忍不住用枴杖敲門：「我先來的！他怎麼比我早進去！」

「爺爺你不要生氣，你身體不舒服很辛苦，我們都知道，大家也都有排隊，你叫什麼名字？」

「姜太公的姜，福氣的福，泰國的泰。」

「姜福泰先生，」護士說，「我們這裡沒這個資料。」

「怎麼可能？我們明明就在一樓大廳掛號。」

「健保卡呢？」

「這裡。」

「你們要先來插卡啊，現在醫生的看診很滿，可能要排到晚上。」

「什麼晚上？我比你們早來，不要看大家都不要看好了。」姜公又氣急敗壞拿枴杖敲門。

「好啦我們等這個人看完，就換伯伯好不好？」

難怪我一直看到有人進出，後來才看診，我們也不想插隊，可是流程實在太奇怪了，如果不是姜公吵吵鬧鬧，八成要等到晚上。姜公後來才想起，平常北榮有個志工會幫他跑腿，現在沒了那個阿姨，他差點連病都沒辦法看。

「人老了就是沒用。」姜公看著窗外的樹說。

*

蘋果、馬、鑰匙、椅子、書本。

醫生拿出圖卡，等一下再告訴他這五樣東西的順序，圖卡看起來像幼稚園的道具，但如果連這五樣東西都記不起來，就表示有失智的可能。

蘋果、馬、鑰匙、椅子、書本，我在心理重複一次。完蛋了，雖然我現在十九歲，一樣覺得這個測驗很難。我年紀輕輕就癡呆，一定是電腦看太多。

「我怎麼可能會癡呆！」

「伯伯你今年幾歲？」「我屬龍，快九十了。」（他身分證上是九十二歲，屬龍的應該是八十八歲，我不知道應該相信哪個。）

「叫什麼名字？」（蘋果、馬、鑰匙、書本。中間還有一個？）「姜福泰。」

「這裡是哪裡？」「榮總。」（椅子！椅子椅子椅子。）

「今天幾號?」「八月。」

「現在幾點?」姜公沒回答。

「重複一次我剛才請你記住的東西。」「蘋果、開門的那個東西,還有書!」

少了馬還有椅子!

醫生沒有公布解答,只說跟病歷一樣,阿茲海默症初期確診,等一下去櫃檯拿藥。

「我的頭腦真的壞掉了嗎?可是我名下有三間房子。」

「對啦你只是健忘。」

老陳你這樣說一點用都沒有,健忘跟腦子壞掉根本一樣。

「我們只是照國家的吩咐做事,努力賺錢,沒做什麼壞事,為什麼現在活著就變成了社會問題?我知道了!我一定是這輩子做了太多壞事,被我害死的人要來討命了。」

如果將來病情惡化,姜公隨時都可能把看護當成他害死的冤魂,就像把老陳當成敵人那樣。

離開診間,我跟護士反覆確認流程,先拿單子繳費,再領藥。老陳陪姜公去涼亭那邊看人下棋,但我去領藥的時候沒拿健保卡,害我要衝回去拿,拿了又發現錢包丟在診間。記憶力檢測根本不用考什麼馬和蘋果,健保卡和錢包比較重要。

看到提尿袋的先生扶牆壁走著,輪椅上的人瘦成一把骨頭,偏著脖子流口水,氣墊床上的植物人靠伸縮塑膠管呼吸，半裸的老婦人在尖叫——

他們的午餐時間還沒結束，推車上面是一罐一罐的安素，長得跟煉乳一樣，標榜健康好消化，我拿了湯匙吃一口。比嬰兒食品的果泥、肉泥還難吃，這東西根本就不是食物，我立刻吐到垃圾桶，嘴裡還有那種甜膩的感覺。

我衝去廁所漱口，餘光瞥見房間的牆壁有血痕，床上的植物人不是植物人，他把鼻胃管抽出來了！那條管子沾滿體液和鮮血，他動動手指頭要我過去，然後說了幾句我聽不懂的話，但從他的眼神看來，應該很痛苦，而且連手指頭都動不了的人，怎麼可能伸到脖子的高度，還把身體裡面的管子抽出來？

「爺爺，你等等喔，馬上就有人來救你了。」

我按下救護鈴，看護身手俐落，從櫃子拿出新的管子，沒幾分鐘又把鼻胃管插回去，忙別的事去了。

我鬆了一口氣，但爺爺的手又開始往管子移動。我錯了，他是花了一整天甚至更長的時間拔管！如果放著不管，他很有可能達成目的。

這個世界上，是不是存在著死亡才能解決的事？

但他現在這樣，連自殺都沒辦法。

聽說自殺之後的地獄，就是重複每天的痛苦，但現在這樣也跟地獄差不多了。

＊

等待叫號，等待救贖，等待康復——然後等待死亡。

每一次紅色數字跳轉，就有一個人起立，領走他的藥。

幸好網路拯救我們的無聊，右邊是寶石方塊，左邊是連續劇，後面是臉書，前面竟然在看報紙！我忽然充滿敬意，注視這位在時代洪流中屹立不搖的老先生，他把報紙折成十六分之一，就像在擁擠的車廂裡面，但他旁邊明明就很空，這大概是幾十年來養成的習慣。

在他的感召之下，我決定做點有意義的事：上網查詢失智症。

以前我們會說是人老了，但現在健忘、老人囡仔性、脾氣壞都是失智的症狀，我越查越迷茫，有人三十多歲發病，也有修道院老奶奶作息幾十年如一日，科學家解剖大腦卻發現早就空了。有人吃藥有效，有人惡化，有人提倡益智遊戲，連打麻將都合法化。也有大學教授早年發病。誰會得病根本沒有標準，政府又恐嚇大家防範失智，搞得像打擊犯罪。失智症跟憂鬱症一樣定義模糊，人人有機會，個個沒把握，想自己說自己憂鬱還不行，非得經過醫院層層認定，這樣下去還得了，我看不久董氏基金會又要來告訴我們怎麼活了！吸菸的人不愛惜自己和家人、憂鬱的人拖累親朋好友、失智的人要逆天康復——

人就不能想活就活，想死就死，想生氣就生氣，想憂鬱就憂鬱嗎？這樣脾氣天生不好的人怎麼辦，乾脆現在就去死算了！我想把手機丟出去，但理智告訴我這支手機剛買，如果我現在暴走，應該就跟失智沒差別了吧。

右邊的歐巴桑拿著超大螢幕手機，把群組裡面傳來的笑話、圖片、歌曲、短片，全部都點開，我發了一則臉書回來，她終於全部看完，我想看她接下來要做什麼，結果竟然又打開群組，從頭看起那些東西。有這麼好看嗎？

「胡先生、胡先生，2413號。」這是我前面老伯的號碼，他手上抓著號碼單，只是他沉浸在報紙當中，對叫號毫無反應，我拍了拍他肩膀，指著上方燈號，他驚慌走去，領完藥，哇啦哇啦跟我講了一堆，可我完全聽不懂他的鄉音，只能微笑點頭，拍拍他的手。

「姜先生、姜先生，2415號。」櫃檯人員提高音量。

「我我我、是我！」

*

「他們說老人跟嬰兒一樣，屁勒，你抱過自己的太太洗澡嗎？你知道熱水一沖，身體會流出大便，要花好幾個小時洗廁所嗎？」

我沒談過戀愛，但用過免治馬桶，大概可以想像。

提著藥包，到涼亭報到，石桌的棋盤格磨得發亮。姜公和另一名老人對弈，旁邊圍了十幾個觀眾，看護也彼此滑滑手機聊天。觀棋不語真君子，這群爺爺卻是談笑風生，而且時間過了這麼久，棋下不了一著，你們真的有在思考嗎？

「現在啊見一次面，就是少一次面。」

「前幾天新聞報，有人的肛門被看護用紗布塞住。」「還從七樓的天庭丟下去。」

早知道他們討論這麼可怕的事，我就不要來了。

一個老人背對大家，自己玩著線上遊戲，看他發動攻擊，森林中的小屋陷入一片火海，剛才搶奪寶物的雜魚轉眼化為灰燼。竟然是全球排名第八十三名的玩家。這個遊戲曾經關閉好幾年，最近才重新開放。

「伯伯你怎麼這麼會打！」

「這是我的寶貝孫子哩，他國中就是網路線被拔掉跳樓的，他死了十年，所以我也玩了十年，等級當然高。」

——沒想到竟然是這種回答。爺爺還說，每次開機前都會為寶貝孫子默哀，每次用孫子的稱號玩遊戲，運氣都會特別好，寶也掉得特別多，好像孫子在天上特別照顧一樣。

「該死的是我們這些老人，可是我們卻活著。」

我找不出安慰他的話，因為把「健康壽命」當作投資報酬率來看的話，的確就是他說的那樣。我假裝下棋比遊戲更有趣，默默退到旁邊去。

「平車飛馬，吃！」「不行，我退。」

兩個老人纏鬥，觀棋的老人來來去去，多半搭光榮山莊專車而來，他們都是過往的老鄉，戰後在城市打拼，但排不進市區的山莊，更住不慣台灣人的安養院，因為閩南語聽不懂幾句。每天看著民視，語言能力退化更快，只好搬到這個誰也不認識的地方，至少有人聽得懂他們說話。一開始雖然不認識，但相處久就知道了。後來我才知道，他們每天看的是漢朝流傳下來的玲瓏局，從來沒有人解開。進攻無望，回防已晚，參透是不可能的事。

忽然，有個汪伯伯往二樓走道高喊：「老胡、老胡！報紙看完沒？」

剛才領藥的老人，又說了一堆沒人聽得懂的話，一邊舉高報紙。

汪伯又說：「好啊，拿過來我看！」

「你們都聽得懂他說什麼嗎？」「不懂啊。」

那幹嘛裝懂啊！但手上拿著報紙，大概也就是看完的意思。

汪伯說他跟胡杯也不是同鄉，他是四川人，胡杯是陝西，多少聽得懂一些，但近年來胡杯重聽加劇，兩邊耳朵都聽不到，常常叫他都不知道。但剛剛我看汪伯叫胡杯完全沒問題，那到底是心電感應還是裝的？等胡杯下樓，又哇拉哇拉跟我說，這次總算有汪伯翻譯，聽懂他說我是個好青年。

「再兩個就換我，我先走了。」左邊下棋的阿伯要去看泌尿科，另一個老人快速替補，「這個手機都會給我提醒。」「新的手機就是好。」

現在醫院竟然這麼進步，登入自己的身分證字號，就能看到更新資料，尤其是這些一天掛號三次的老人，要看高血壓糖尿病青光眼白內障，從早診到晚診，整天都在這間醫院度過。

「你好年輕，手可以給我摸一下嗎？」身邊一個皺巴巴的爺爺問我，我一時也不知道怎麼拒絕，就把手交給他，他滿足地把臉頰湊近手背說，「我也要去打膠原蛋白。」

現在老人資訊都這麼豐富嗎？除了基本門診，現在還要加上醫學美容。

姜公的眼睛離不開棋盤，旁若無人，沉浸在另一個世界，連老陳拿藥給他吃也不像以前一樣推托。老陳退到旁邊，悄悄跟大家商量：

「我知道他苦，腦子壞掉對他來說比死還痛苦。他清醒的時候一直說想死，糊塗的時候，又好像很快樂，我也搞不清楚怎麼樣才好。聽說這種病不會好，只會越來越壞，可是他也會越來越快樂，我是不是應該放著不管，讓他回到嬰兒的時候就好？」

這群爺爺突然放低音量，順著兩人的眼光看過去，我才發現兩個警察從噴水池那邊走來，沿路盤問移工護照號碼和姓名，大家乾脆收起手機，等待低氣壓通過。

我雖然不是國外來打工，但也開始默唸自己的身分證號碼，這串數字就像護身符一樣。

「你的雇主在桃園——」

剛才在滑手機的看護被質疑了！

「你們找阿蒂有什麼事？」姜公出聲，「要抓壞人去別的地方！不要打擾我們這些老人家！」

「請問她從什麼時候開始照顧爺爺？哪裡介紹的？現在政府——」

「這個國家欠了我一輩子！我老了，記不得不行嗎？你們到這個年紀就會知道，阿蒂我也不知道叫什麼名字啦，我都叫她阿蒂。我也不知道我兒子在哪裡工作，他在美國的什麼地方，我來台中看朋友，阿蒂就跟我來。我下棋不喜歡人家說東說西，阿蒂當然要站遠一點去，你們也快點走開。」

「爺爺你看起來不符合申請資格——」

「我老人癡呆了啦，叫阿茲海默也是一樣癡呆，你知道現在不顧好，以後會呼吸困難，沒辦法吞口水被口水噎死嗎？不是電視演的那樣呆呆很可愛，你們到我這年紀就知道！」

兩個警察被姜公唸走，「阿蒂」還不敢抬頭。

「等等再走，我們先聊幾句，你從哪裡來？」姜公問。

「印尼。」

「你們月亮蝦餅好吃耶。」老陳想釋出好意，又找不到什麼話題，人家是印尼不是泰國，你到底有沒有在聽啊？

「如果要藏身，去人多的餐廳打工比較安全，還有，多準備幾本護照。每天出門之前，拔一根自己的頭髮放在門把和門縫中間，有人進來，就算裡面東西沒亂，也知道有人來過了。黃金啊，大家都藏在枕頭和棉被裡面，其實小偷進來是直接劃開被套，你應該要藏在棉被四個角。」

姜公講得很開心，濃縮了情報員幾十年的經驗，但不知道阿蒂到底有沒有聽懂。但她確實跟著我們走去停車場，然後一溜煙，消失在轉角。

*

打開車門，一股惡臭，小黃吐得到處都是，我們剛剛怎麼會忘了把牠帶下車？牠現在一動也不動，連耳朵也沒有反應。

「還沒斷氣，」姜公取下玉扳指，側邊有一根縫衣針，姜公眼也不眨，戳向狗的腳掌放血。我聽說過中風的緊急處理，但真的親眼見識，不得不佩服。姜公之前中風過一次，他說那天早上他一樣早起運動，只是覺得眼睛後面有點痛。

但他平常失眠就這樣，沒什麼好奇怪，重要的是天氣終於放晴，老朋友都到了涼亭下棋。終於輪到他上場了，四隻手刷刷洗牌。忽然，他不知道桌上哪雙手是自己的，只是隔著一段距離看著，但同時又能看穿棋子底下的字樣，哪個是將軍，哪個是卒子，這些棋子背面的花紋像是放大了幾十萬倍，只要分辨這些痕跡，就能看見棋子的身分。

當他興沖沖翻開炮的瞬間，對方的將軍手到擒來。一堆老人圍著他，像是合唱一首好聽的歌。可是他聽不到任何聲音，原本的頭痛不見了，天空下起老家那樣的大雪，童年時代的他跟爸爸去釣魚，看到渤海都結冰了！連海浪都保持原本的樣子，他在海上面走著，趴下來，聽海面下的魚兒睡著了沒有。然後是救護車、醫院長廊、天花板管線，旁邊傳來媽媽的聲音，叫他不要睡、不要睡。

中風的可怕，是後來才知道的。

身上長褥瘡，包尿布，讓人洗澡擦屁股，多虧他自己堅持復健，現在完全看不出來，但中風這種事就像滾雪球一樣，有第一次，就會有第二次、第三次，而且越來越密集，越來越嚴重。這種玉扳指就是為了自救，平常還能用來測血糖。不知道是不是放血的關係，小黃的呼吸變明顯了。

*

「我們是醫院不是獸醫！」「人跟動物不是一樣？救人也可以救狗。」

姜公拿枴杖敲打櫃檯，腦子壞了，但身體倒是硬朗。難怪榮總的櫃檯跟其他醫院不一樣，護理師和病人只能看見頭頂，櫃檯做成大理石座，就是為了防範這些暴走榮民，怪不得櫃檯固若金湯，就差蛇籠和拒馬。

「見死不救！你們還是人嗎？」

「小黃啊，你又老又病，沒人要囉。」老陳對狗狗說。

我去買了冰塊，幫小黃擦拭身體，老陳拿出驅風油和硬幣幫小黃刮痧，但黃金獵犬的毛太濃密，幾乎找不到皮膚。

「這個給你們，」一個老人讓出病床，「我去旁邊坐著。」

老人身上沒點滴，沒手環，看不出來生什麼病，只是穿著睡衣，「反正我睡飽了，起來走走，不必在意。」

等一下，這就是所謂的占用病床？還有這花布棉被是怎麼回事，根本不是醫院規格，但人家讓床，我們心懷感恩，小黃躺在床上。我跟老陳去開後車廂，滿滿都是他和姜公沒吃完的藥，連點滴和管子都有，雖說久病成良醫，但你們兩個囤積這麼多藥，巡迴醫療綽綽有餘。

反正小黃都要死了，不如賭一把，這麼多藥總有哪個見效。

我找到對面一家獸醫，想到我小時候的狗狗就是在家中安樂死，那時候我們全家都在狗狗旁邊，跟他說要他安心，不要牽掛。姜公叫醫生給他準備一套，「我的狗不行了——」

生意很差的獸醫碎唸，怎麼把狗養得這麼胖，難怪心臟不好，關節也不好，走路當然會痛會喘，唸歸唸，他還是給了點滴和管子，說明如何開關控制流速。

「小黃乖，你要是活下來，我全部的遺產都給你！」

姜公手起針落，小黃沒哼一聲，這話不知道是開玩笑還是認真，但我看小黃這樣，搞不好會比姜公先死，但既然要信心喊話，不如用狗的語言，汪、汪汪、汪汪汪，手機應用程式有狗語言的「你好」、「滾開」、「這是我地盤」的狗叫聲，我照順序播給小黃聽，有反應的就多放幾次。不管是生氣還是高興，至少確定牠活著。

突然，小黃耳朵一尖，眼睛直勾勾地瞪著入口，我還以為是什麼人類眼睛看不見的東西，畢竟是農曆七月，這裡又是急診室。一會兒，看見探病的人買了一碗肉羹，我拜託他賣給我，小黃唏哩呼嚕吃乾抹淨，我看狗既然有食慾，那應該沒事了。

開到最近的休息站，把小黃放下來喝水，老陳興沖沖拎來土產，姜公也難得露出笑容，我跟著咬了一口，只有吃到麵粉的感覺。他們的表情也很微妙，我等著他們的評論。

「跟榮總對面老楊做的完全沒得比，可惜老楊死得早。」

「槓子頭越硬，咬起來越香，沒吃幾口人也就飽了，可就算老楊活過來，真給我做了，我這牙齒也咬不動了。」

這話題聽起來太感傷，我巡視整個休息站，竟然有台北的排隊名店！我去買泡芙。沒牙齒也不成問題。

「我才不吃年輕人的玩意兒。」

這個排隊都排不到，我去買，你們不吃我自己吃。

「我就不相信有多好吃。」

他們面無表情吃完一整個泡芙，像是要用最嚴苛的標準，來檢視我這個人推薦的東西，有必要這樣嗎？好像這個泡芙就是我這個人，而且吃的速度奇慢，不知道的人還以為跟槓子頭一樣硬。

「吃了這個，應該會折壽吧。」

老陳你一定要說得這麼嚴重嗎？給我一個讚就行啦。

「會不會折壽那是上天決定，但這東西膽固醇一定不低。」

「如果這樣就能死的話，也不錯啊哈哈哈哈。」

兩個人爆笑起來，然後買了十盒上車，就算你們前半生都沒吃過這種泡芙，但這種吃法一定會出事吧！但我擋不住老人的頑固，他們還是買了。

＊

「你先去暖車。」「剛剛開很久，不用暖了。」

「我叫你去你就去！」

「你在這裡我們尿不出來啦。」

我被趕出廁所，牽著小黃，看著一望無際的停車場，傍晚的風忽然大了起來——我忘了車子停哪，這就是急著下車的代價，我看我應該也失智了吧，記得車子好像在垃圾桶旁邊，當然，這裡連垃圾桶也是一樣的。

ABCDE，反正只有五區。

我出發了。

尋找一台軍綠色老車，永恆星嵐不知道會不會出聲叫我？

如果可以隨便開走一台，要選短尾小車，還是休旅車呢？大車不好，動不動有人來借，還是兩人座最好，載喜歡的女孩子，沒有任何電燈泡。不過我現在連喜歡的對象都沒有，這世界上不可能有遊戲那樣刻骨銘心的愛情，我還是趕快回車上，幫手機充電比較實在。

「大哥～要買棉被嗎？」

我剛發動車子，推銷員就走過來，平常我遇到推銷都是不說話、耳機戴上，推出手掌，跟對方保持一條手臂距離，擺出不友善的態度。可是這女生蠻可愛的，我姑且聽聽，結果一條棉被竟然要五千塊錢，蠶絲做的也不用這麼貴，擺明是詐騙。而且這棉被怎麼看都不像工廠直營，搞不好是從人家車上偷來的，我揮了揮手說沒有需要，低頭繼續滑我的手機。

老陳回來的時候，提了同樣一床棉被。

「這麼爛的棉被怎麼可能要兩千？你被騙了！」

「兩千塊也不是什麼。」老陳囁嚅，「本來賣五千。」

「但這根本不需要兩千。」

仔細一看，果然是廉價棉被，質料粗糙又沉重，聞起來還有一股霉味，搞不好是從垃圾堆撿來的。看到老陳一樣傻傻地道歉，我更生氣，因為這錯也不是你的，隨便找個解釋給我也好啊。我也有同學被 Line 騙，就算網頁橫幅寫不要用 Line 跟賣家接觸，但我們只會把條警告當作廣告，直接忽略。後來警察特地在他租屋公寓門口貼傳票，去派出所做筆錄，大家都以為他做了什麼壞事。

話說回來，能在大熱天推銷棉被的人也不是泛泛之輩。兩千塊的爛棉被，跟金光黨騙走的一輩子積蓄讓人自殺比起來，算是善良的了。

等一下，先別管棉被的事了，我們好像忘了什麼重要的東西。

姜公失蹤了。

如果他走到高速公路，必死無疑。

*

美食街餐廳、員工休息室、新推出的五星級駕駛睡眠躺椅區，到處都沒有亮粉紅色T恤的蹤影。最後，我搭電梯到頂樓，玻璃步道直直地延伸，小黃吐著舌頭衝出去。

「姜公在那裡嗎？」

小黃跑得很快，頻頻回頭確認我跟上，感覺姜公就在前方。果然，他站在步道中央，出神望著入夜的高速公路和壅塞的車流，交錯迴旋。

「你看，橋下都是星星。」

姜公這樣一說，銀河就像在我們腳下。

「以前我媽跟我說，人死了以後就會變成星星，但我現在看到這麼多星星，你說我是不是死啦？」

典型的妄想。姜公該不會以為自己會飛，然後就跳下空橋吧？

「我想我媽。」說完這句話，姜公手抓著欄杆，搖了搖身體和頭，哭了。

我第一次聽姜公講起媽媽，他是媽媽最鍾愛的小兒子，書也讀得最好，家裡有什麼都會攢一份給他。可是，這個媽媽過世卻沒有見到小兒子，因為那時候他在台灣，兩岸斷了聯繫。

等他回老家，鄉村還是一樣，樹一樣，地一樣，甚至連村口的雜貨店都沒變，但他一個人都不認識，像是個外地人。家族晚輩都喊他爺爺，他到母親墳前上香．留白的墓石就等著刻上他的名字。

他每天去上香，拔草、修剪樹枝、看哪裡要修理。要離開的那天，明明還是臘冬，家裡煮了湯圓，母親墳前的杏花卻開了。從那天開始，姜公終於確定了自己是孤兒，這裡沒有任何值得他牽掛的人，這花就是母親跟他的道別。

往後，只能天上見了。

「我哭什麼？」姜公抬起頭問我，好像剛剛的事都沒發生過，但這麼傷心的故事我也不想再講一遍了。

「我認識你嗎？」他說。

「認識。」

「那好，我問你一件事。我有件很重要的事要做，但怎麼樣都想不起來，這是我朋友的平板電腦，我以前按藍色的地方就能見到我朋友，現在怎麼不行了？」

手機打開，臉書停在登入畫面。我知道手機更新，常常會重新要求授權，不知道密碼的話就很麻煩。我用了幾組常見密碼：11111111、asdfghjk、password 都沒用。

「你知道他的生日嗎？」

「我們只知道自己的生肖，我屬龍，他屬蛇，報出去的生日都是亂寫的，連他的名字我都沒把握不是冒名頂替的，要說有什麼數字不會搞錯——啊，就是忌日了！」

姜公鍵入幾個數字，成功登入。

——當初設立密碼的人，難道能預測自己的死期？

臉書社團封面寫著蒼勁有力的書法——跨界通訊。社團簡介是：「納投名狀，結兄弟誼，死生相託，吉凶相救，福禍相依，患難相依。雖不能同年同月同日生，但願同年同月同日死。」

看起來像幫派結社，但社員平均年齡卻是七十八．八歲。

跨界通訊管理員公告：請新進成員上傳照片，還沒有頭像的盡快拍攝，寫下你最想感謝的人，如果覺得打字麻煩，就錄音錄影上傳雲端，或者安裝遠端桌面操作軟體。出門前，務必留下帳號密碼，未來將由專員管理。

多少沒說的感謝，沒說的道歉，都要在這天之前完成。

這個社團成員的動態，有人六十歲學開遊艇，然後帶了七天七夜的食物去海上。有人練啦啦隊、有人養狗，開始記錄生活以後，人生似乎改變了很多。

不對，跨界通訊不是老人互助團體，它是一長串死者的名單，雖然說人都會死，但這群人的死亡率太高了，平均壽命低於標準——這是自殺俱樂部？

「我，姜福泰，民國十七年山東出生，歿於台灣台北車站。咱們兄弟雖不能同年同月同日生，但願能同年同月同日死。」

回到車上，跟老陳報平安，我坐上駕駛座，看見那兩個互相依靠的兵籍牌，我忽然懂得姜公那張紙條的意義。

姜福泰和陳秋生約在台北車站，前往黃泉路。

不能死，我不會說這種落井下石的話，黃泉路上無老小，我不知道為什麼想起這句話。智慧這種東西跟年紀不必然相關，我活在世上的年資雖然比不上很多人，但我知道心裡有些結，解不開的就是解不開。

想解的人，幸運點，可以解開；但解不開的，痛苦幾十年也解不開。

要不要賭，賭了會不會贏，這都要碰運氣。

「你太年輕了，一定沒辦法理解我們。」老陳說。

「這跟年紀沒關係。」永恆星嵐說。我都忘了車上還有比我年輕的人。「人又不是死了就沒有了。你們不是怕死，是怕生病，所以別人會諒解。而且老人可以放大絕說自己活夠了，可是我這麼年輕就死了，就會被人家說怎麼這麼不懂事。但不懂的是那些大人，我做了那麼多讓步，他們還是要切斷我最後一條生路。算了，跟你們講這你們也不懂。」

大家被小鬼訓了一頓。但我也在想，十年後的我，會記得現在的我嗎？會同意我現在的選擇嗎？我不會知道十年後的自己是個怎樣的人，就像軟體更新版本，三十歲的我，一定跟現在不一樣，所以二十歲的我，無論是生理還是心理，皮膚細胞腦皮層或是可能存在的靈魂，都可能移動到別的地方。

或許，生命跡象停止與不停止是一樣的，每天每天我們都會改變自己一點。每天每天，我們都會死掉一點點。最後，變成一個完全不一樣的人。

*

有部電影，叫作楢山節考。玲子婆活在一個物資匱乏的村莊，村裡的習俗是人到了七十歲就要上楢山等死。可是玲子婆到了七十歲，身體還是很好，她覺得很丟臉，所以她用牙齒撞石臼，牙齒掉了下來，證明她老了。最後，她兒子終於如她所願，把她背上深山。那一刻，山上降下了初雪。

＊

「這是我家嗎？」

暌違許多個多月，姜公終於回家了。

姜公跌倒那天，他跟網友要搭遊覽車環島的計畫全打亂了。他死都不願意上救護車，說去了醫院就回不來，大家安慰他只是治療骨折。

結果，姜公進醫院治好了腿，但判定沒有一個人生活的能力。他妻子死了，沒有兒女能聯絡，被送到光榮山莊。台北的山莊沒床位，就送到台東鄉下。要聯絡老鄉也沒辦法，因為醫護人員都拿玩具電話給他——那裡很多人吵著要回家，看護就拿玩具電話安撫他們。反正，他們很快就忘了。

姜公很生氣，說我沒有瘋，我只是跌倒了！他們說你老糊塗了，去睡覺就好了。帶去的毛巾、臉盆、鋼筆都被偷了，連假牙都不見。

走吧，這是最後一次逃了。

以前逃命，被打得半死還死不了。

現在被打死，也比不逃還好。先是不會說話，再來不會吃飯，最後連笑都不會，只能神智不清地死去——

我沒有瘋，我要回家。

姜公趁去醫院看病，逃出山莊。穿著功夫鞋和睡褲，還有順手摸來的亮粉紅T恤，一去不回。

*

「我在這個地方，沒有任何家人。可是遇到我老婆之後……我決定，台灣就是我的葬身之處。」姜公摸著玄關櫃上的骨灰罈。

這種感覺，大概就是家族吧。

人活著真是不容易。

這個家，是真正的家。

瓦斯爐上面有鍋子，瀝水架堆疊著碗盤筷子，菜瓜布有點濕。老姜打開飯鍋，發現保溫好幾個月的飯黃了，把鍋子拿去泡水，重新煮了飯。他看了看冰箱，決定去買蛋，做太太的招牌蒸蛋給我們吃。

「可惜鹽巴和香料用不完了。」他說。

結婚之初，老姜知道自己年紀大了，一定會先死。結果倒是太太得了癌症，一年前發現的時候，已經是末期。太太喜歡做菜，常常看烹飪節目，留下很多食譜。很長一段時間，這些食譜就是老姜的精神支柱，他照著食譜來做，一開始做不出過去那個味道，只有蒸蛋八九不離十。每次吃，就像是太太在身邊。

現在，他每道菜都會做了，才終於意識到，沒有可以跟他一起吃的人了。

「早知道，就應該跟太太一起去。」

「我幫你去拿電扇過來。」打破尷尬的沉默，我隨便找事來做，結果客廳的電風扇頭脫落，底座重重落下，我有種幫了倒忙的感覺。頭頂上的時鐘也壞了好幾年，只是都習慣了，就沒去弄。想來換電池和燈泡，對老人來說也是很辛苦的工作吧。

但家裡東西壞得這麼徹底，老人可能也像這個房子，慢慢地死。

我跑去房間，叫老陳吃飯。老陳也早就洗好澡，穿好西裝，正在挑選領帶。藍的沉穩，紅的有精神，橘色像在跑業務，老陳的領帶真是多采多姿。

「可惜啊，我有這麼多領帶，脖子只有一個，剩下的送你。」

「我不會打領帶啊。」

「學不就好了？」

老陳把領帶繞到我脖子，一個步驟一個步驟講給我聽。我看卻是一團混亂，他的前面是我的後面，左邊是右邊，右邊是左邊，手夾的地方被領結遮住，我怎麼可能學會？

等老陳著裝完畢，我們吃了一頓美好的晚餐，誰也沒有說起明天。

直到清晨，天濛濛亮了。電視開著，姜公在躺椅上睡著了，身上還穿著昨晚的睡衣。平常他都是最早起的。

睡著了，就這樣錯過火車進站的時間也好，今天又是新的一天。

下個雨吧，那就不想出門去死了吧。不對，他不是睡著了，我把手指伸到他鼻尖，人已經沒氣了。衣帽架上面掛了點滴，透明的管子一路打進姜公的身體，垃圾桶裡面是狗的安樂死藥劑。

人能用的，狗也能用。我怎麼就沒想到，狗能用的，人也能用？

何況是體重五十公斤的黃金獵犬。

小黃趴在姜公腳邊，像在警戒什麼。

最後一段路，是你陪著姜公走完的啊。想到這點，就覺得不是那麼糟糕，之後去墓地的路，也拜託你帶路了，反正你也很熟了吧。

桌上留著紙條：

「對不起，我先走一步，去火車站的路太遠了，我不知道那時候的我是不是真正的我，但我現在還醒著，先跟大家說再見。我的死跟大家都沒有關係，你們看一下，前面就是手機錄影，這就算我的遺囑，保證意識清醒。我這一生，過得很幸福。」

平板電腦有電，還在錄影，錄了三小時又二十六分鐘。

「現在該打一一九還是一一〇？」我問老陳。

「老姜你放心，我們說過生不同生，死必同死。我會帶你去車站，跟大家相會。」

老陳推出姜太太以前用的輪椅，把姜公搬上去。

冰箱裡面還有剩菜，老陳想起來，就乾脆把菜熱了，我們吃完才出門。

做事可靠到這個程度，死亡也就像去掛號一樣。

「咱們走了以後，就打給這支號碼。」

名片上面寫著：跨界通訊，死而無憾。地址在台北市桃源街，但我記得周圍是總統府、國防部，沒看到什麼跨界通訊服務處。

「傳令官，」老陳說，「我出發了。」

我從小老弟變成傳令官，好像升官了一樣。

*

「向前行，然後右轉。」永恆星嵐導航，聲音一點也不緊張，但他能緊張什麼？反正都死過一次了。

「送到這裡就好，剩下的路，我自己走。」老陳說，「這不是最後，我們只是要跟天上的朋友相聚。想想，火車那麼長，上面坐著全是自己喜歡的人還不賴吧？」

等等，我把老姜的平板電腦轉成直播，鏡頭對準前方，固定在輪椅上面。那樣，最後的路我也能陪伴。

「行啦，姜公在前面等我呢。」

老陳頭也不回，像其他人一樣走進車站。我看著連線的螢幕，晃動的地板、鐵軌。車輪與軌道的聲音、無盡的天花板。

感覺這段路永遠都不會結束。

最後的五分鐘十三秒。

真的要結束了。

老陳的笑容，那麼令人安心。

任何時間，任何地點，只要連線，我們就能在雲端相見。就算世人稱你們這樣的行為是臥軌自殺，但我知道你們的努力，遠遠超過這四個字。

車站裡有衝出來的乘客，我想進去，卻什麼都不能做，不做才是對的，對吧？

「我們是對的，別擔心。」永恆星嵐這麼說，但我不能確定，到底該不該告訴警察。跟他們講了又怎樣？除了把老人送進安養機構，實在也想不出更好的方法。自己選擇，自己承擔，天經地義，別人怎麼可能知道我想要什麼。對了，還有名片的電話，我要記得打過去。

「喂？跨界通訊嗎？」我說。

「您好，我們已經在路上了。」

「我還沒講你們怎麼知道？」

「因為我們是網友。」

「網友會做到這種程度嗎？」

「雖說是網友，但也是沒有血緣的家族。反正我們的家人，常常也只是沒辦法理解你的陌生人。」接電話的女孩子，說話很慢，無憂無慮說著這樣沉重的事，聽起來很有經驗，像是可以相信的對象。

雨刷不知何時夾了張停車繳費單，我學老陳的樣子，把單子丟出車窗。踩下油門，離開車站，旁邊商家擺了香案拜拜。我知道了，今天是鬼門關的日子，所以無論如何都要趕到。

一個老人顫巍巍過馬路，我無視後面的喇叭催促，擋在路中間，卡了兩個紅燈。反正我還年輕，多的是時間。回家以後，我也要註冊那個社團，但代號要取什麼才好呢？

紙錢的灰燼在空中迴旋。汽車音響自動打開：

也許有一天我老無所依，請把我留在，在那時光裡
如果有一天我悄然離去，請把我埋在，在這春天裡

永恆星嵐這是在安慰我吧？我才不會在小鬼面前掉眼淚。我告訴自己，沒問題的，他們只是登入另外一個世界，總有一天，我們依然能在雲端相見。

秋之章

少女實驗

莉莉　十年前

台灣沒救了。

為什麼只因為戶口名簿寫的是男生，就剝奪我讀女校的機會？我都說我要用保送換一個普通科名額，那樣也不行嗎？繳交志願卡那天，我的志願從頭到尾都只有F女，分發的人到底是哪隻眼睛看到男校了？更別說是莫名其妙的男女合校，那還有原則可言嗎？叫我等F女開放男生就學？開什麼玩笑！那學校還能叫F女嗎？

我叫莉莉，才不是隨處可見的陳同學，陳宗廷那種只按照戶籍謄本、沒經過本人同意的無聊東西，是大人貪圖方便創造的方式，自己的名字自己決定，所以我叫莉莉，二次元才是我存在的世界。我——絕對是女孩子，除了內褲裡面多了一塊肉，其他地方百分之百是女的。跑步時左右擺動的馬尾、膝蓋上方四分之一處的裙襬、綠色領口露出的鎖骨——全部都是少女限定。為什麼我不可以穿裙子！

所謂的學校，不過是少女揮灑青春的舞台，就像是三年限定的角色扮演會場。早上走進學校，一切的一切我都用衛星地圖看過，古老的磚黃建築、磨石子地板、轉動的電扇、上下兩層的木造氣窗——據說有十一個學生和兩個老師跳下來過——就在朝會的平台旁邊。太感動了，如果我從窗戶跳出去，就可以永遠留在這吧。

「同學，可以幫我們兩個拍嗎？」

少女把最新的 Motorola V3 手機拿給我，好輕好薄，她掀開摺疊手機的姿勢那麼優雅，不像其他磚塊手機那樣毫無遮蔽。我記得那不便宜，這一定是考上第一志願的禮物吧。她們的笑容凝結在彩色手機螢幕，那是專屬我一個人的螢幕，專屬我一個人的笑容。拍完以後，我輕輕闔上螢幕，把她的心還給她，她看了照片笑了，跟我說謝謝的笑容，比照片還美。她不像我，連手機都是黑白的，PHS J88 從國小用到現在都不會壞掉，我媽一定不會答應我買新的。

忠孝仁愛信義和平溫良恭儉讓禮樂射御書數，這些是班級的名字，我隨機挑了一個進去坐下，開始這場少女實驗。但我身體裡面的男性荷爾蒙持續分泌，這個暑假長高了五公分，裙子短了，再做就好，但骨架大了，沒辦法縮回去，而且鬍子喉結什麼的都很討厭，就算我狂吃豆腐和豆漿，還是擋不下成長速度。另一個辦法是吃避孕藥，副效果是抑鬱，我這樣還不夠抑鬱嗎？我不想長大，比世界上任何一個人都不想長大，但我必須長大，要趕快賺錢動手術，不然就來不及了——其實現在已經來不及了，國外有些妹子十二三歲就開始吃藥，但我十五歲了，還必須在座位上聽老師說屁話。

「你們這個年紀，最重要的就是考大學，其他都不重要，不要談戀愛，社團最多玩兩年就好了，高三一定要收心，不管校內校外都要有學生的樣子，不能給學校丟臉，上了大學要多交幾個男朋友——」

我好討厭這種論調，好像沒滿十八歲就是智障。這種老師才是貨真價實的笨蛋，每天教的都一樣，整個人生都是浪費。有些事，現在就要決定，不然就來不及了。

時間分分秒秒流逝。時間是我的敵人。

為什麼大人都這麼笨，要等到來不及了，才願意改變？身邊的同學，是經過了笨蛋一樣的國中三年，才考上這所學校的嗎？但她們看起來都很聰明，到底為什麼要來上學呢？所謂的義務教育，就是要把人變成笨蛋罐頭，為了在這個瘋狂的世界活下去，一定要學會裝笨。

一號，張瓊文，有！二號，許寶心，有！三號，陳海晏，有！四號，魯一凡——這些女孩的名字多好聽啊，我也想要有這種名字。少女們像精明的獵人，一聽到自己的名字，飄蕩宇宙的靈魂瞬間降落地面，鬆軟的拳頭毫不猶豫指向天空，年輕美好的側面正對黑板，未來像是一顆一顆的鑽石，只要她們想要，就能輕易撈起。她們自我介紹，三分之一想讀醫學系，社團是生物研究社，法律系是另一個主流，國企和外文也不在少數，這四種大致包辦了所有志願，也有人不管科系，只要能參加儀隊就好——整體來說還是無聊。虧我以為會聽見「找出外星人、超能力者、未來人，和他們一起玩」這種志願——是我小說讀太多了，我道歉。

三十七號，李飛篇、李飛篇、李飛篇——老師喊了三次，大家轉動小鳥般靈活的頭顱，看誰還沒舉手，全場只剩下我和其他兩位同學，沒人在發呆。怎麼會有人沒到？明明是新生，對未來充滿希望，返校日就缺席怎麼回事？我該不該硬著頭皮冒名頂替？但老師瞬間放棄，接下去點名，缺席或是不回應，不是什麼稀奇事。

打掃後回到班上，原本的位置圍繞一批新的女孩，她們是高二的學姊，拿著可愛的交換日記、香香的信紙、小餅乾、冰涼的飲料，回到一年級的教室探望新生。兩個年齡只差一歲的女孩快速地交換名字、興趣和星座，只能說是非常有限的資訊，但她們樂在其中。

「學妹，這是城中市場的冰喔——」排球校隊學姊笑吟吟地對我旁邊的同學說，溜出學校才買得到，而且要趕快吃掉，不然就要融化了。

忽然，那學姊看著我，「你沒有直屬嗎？」

我不知道該搖頭還是點頭，我的名字不會在點名簿上，沒有直屬也無所謂，因為活動中心是全世界最無聊的地方，週會和典禮又是全世界最無聊的事，所以你們剛才出去參加典禮的時候，我把大家的禮物都試吃一輪，那個冰真的不錯。沒等我回答，鐘聲響了，學妹像鴿群一樣飛離教室，根本沒在等我的回答。

近年來開學後學生的自殺率大幅增加，學校開始制定寬鬆政策，但不管怎麼說，明明是為了反抗才拒絕上學，這種被施捨的自由，反而也變成一種上學的方式，這種自以為是的保護，討厭討厭討厭，反而讓人更想從窗戶跳出去，但我身邊的這個窗戶，早就有人跳過了。

返校日即將結束，老師說，明天就要開學了，如果不想上學或來班上也不用勉強，去圖書館吧——這給我的感覺像在說，想死也絕對不要從窗戶跳出去，痛苦的時候，去圖書館讀書、睡覺、玩手機都好。我不想死，至少目前不想，但既然學校誠心誠意地修改了校規，那我就大發慈悲地接受吧。這樣的圖書館，絕對是沒有合法學生證的我，最好的掩護據點。

*

操場那邊，有個女孩子走來，是儀隊的吧，雖然個子不高，站在百米短跑的起點那邊，挺直腰桿，轉動木槍，一直練習同樣的花樣。

「啊，槍掉了。」

沉靜無聲的清晨校園，只有遠遠望著的我和她看見這尷尬一刻，我立刻別過頭去，不知道自己在害羞什麼，該害羞的明明是她，而且我距離她明明有三層樓那麼遠。有人在明德樓前面練嗩吶。因為國樂社練團室很小，所以她都一個人在外面練，但這樣還有參加社團的感覺嗎？我不懂少女心在想些什麼。

星期六，學校不用上課，但我假裝是苦讀自修的高三生，好像有點習慣這裡的生活，圖書館會來的就那幾個熟面孔，但彼此沒有交談，更沒有結伴上廁所的交情。晃到肅殺的三年級光復樓，我發現有人十一點就會跑去熱食部買午餐。午休時間併桌吃飯時，其實應該要四張桌子才夠，但因為這桌和隔壁桌中間塞滿了書，女學生懶得移動，往往兩張桌子最後圍了七八個人。

上課時間沒在上課的學生意外地多。鐘聲在這座圖書館像可有可無的點綴，鐘敲了十六下之後，天就黑了。開學前幾天，這裡的學生最多，之後逐漸減少。聽著館員和實習老師說，下一波的高峰會出現在第一次月考成績公布之後，本來在國中全校第一名的狀元，到這裡變成全班最後一名，那樣的驚嚇沒辦法一下子恢復過來，而且很可能持續整個三年。畢竟是三分之一都想擠進醫科窄門的地方嘛，每年醫科不過幾百人，總不可能每個人都如願。

翻開每天早上都要看的《高校之花》，這個雜誌快被我翻爛了，因為我每天都要研究各校少女穿搭、拍照的角度和表情，因為我只有幾個角度特別漂亮，拍久了一定會被別人發現，這期特企是少女們容易心動的時刻，各種男子力各自有對應場景，例如籃球隊長受傷時我要不經意地拿出ＯＫ繃，或是跟眼鏡少年約定一起考上外地的大學。

有人坐在大木桌自修，古老的桌燈照亮了少女的臉龐，有的躺在沙發玩手機，有的睡著嘴開開流口水。圖書館有個中庭花園，白千層樹上綁了秋千，另一邊是沙包，草地上有一個玻璃屋，裡面是大螢幕和桌上遊戲機，但要刷學生證登記，我還是算了。

忽然，風不知道從哪個方向吹來，紫色的細小花瓣在空中盤旋，傳來淡淡的香氣，輕輕地落在我的頭上、肩上，風停了下來，我仔細觀看四周，磚黃色的石牆上爬滿藤蔓，籐蔓下方，是一扇沒上鎖的橫拉鐵門。

拉開鐵門，迎面而來的是一條坑道。

那是一斧一鑿鑽出來，岩壁還滴著水流，完全不適合藏書。

該不會能通到總統府吧？越往下走，濕氣越重，我想到身上的綠色制服聽說是迷彩服的延伸，但是這說不通，因為C中是卡其色，無趣猥褻男高中生的卡其色，如果要躲避空襲，沒道理穿不一樣的服裝。

手機訊號完全沒了。

往下走了四百九十九階。聽說坑道一定死過人，而且是割掉脖子和左耳連聲音都來不及發出來的慘烈死法。等到一個月後別處的傳令兵來到，才知道全連被殲滅。越走越害怕，為什麼學校會有這種地方？我小時候就知道學校都很陰，不然為什麼晚上一定要離開？老師那句想死就去圖書館，指的就是這裡吧，沒有比這裡更適合當作墳墓的地方了。

坑道的盡頭，是一間書房。

讀書的少女背對著我，鬆垮的制服、壓扁的百褶裙，說不出的散漫感。不，與其說是人，她更像是精靈。黑暗的伏流反射出她的側影，後腦杓撩起的長髮彷彿能聞到洗髮精淡淡的香味，後頸接髮根末梢略顯青色的部分，白得讓人想把手放上去對照兩者的色差。她手指的形狀很漂亮，但竟然笨拙地不管散落耳際的頭髮，就隨便用髮圈綁在一起。

「馬尾不是這樣綁的。」

聽到我的聲音，她面無表情地轉過頭來。

我相信了。

世界上，真的存在不努力也能美麗，每個角度都完美的少女。

跟塵世的價值無關，只是乾淨，並且活著，就是一種奇蹟——當然我不知道那乾淨後面所付出的代價。

上一秒才綁好的頭髮，她一扯橡皮筋就亂了，意思似乎是交給我，手上傳來的是便當用的紅色橡皮筋，我想問她難道不會痛嗎？隨便啦，我把她傳來的橡皮筋套上手腕，拆下自己的網拍熱購藍髮圈給她。

把手放在她的脖子上面，在這樣炎熱的天氣，她脖子也沒流汗。我幾乎可以想像體育課時她獨自待在教室裡的模樣，放學後如何避開那些發出餿味的同學，一個人走到最後一節車廂，或乾脆等到七點半再回家……我下意識壓低脖子，確認自己是不是也黏黏的，幸好早上出門前擦了爽身粉和制汗劑，少女一定要香香的啊。

她的頸動脈在拇指下鼓突鼓突跳動。快窒息的人卻好像是我。

我用雙手感覺她頭皮的形狀、髮尾的距離，重新整理髮流，分成上下兩道，第一個髮圈先綁成公主頭，第二個髮圈再把下部的頭髮往上拉起，兩根髮圈的力量共同支撐全部的頭髮，否則單靠一個髮圈，馬尾不到十分鐘就鬆了。少女的頭髮很直，又不是人為離子燙的直法，我在馬尾末梢收成一個圓弧，得來全不費工夫。

「你叫什麼名字？」我湊到她身邊說，心想應該能跟這個人當好朋友。

「知道也沒用，一個人不是叫什麼名字，就會是什麼樣子。」

這傢伙也太中二了，但如果不是中二的個性，也不會開學沒多久就待在這。換個角度想，少女還是任性一點好，這樣比較可愛。

「那我就叫你少女吧。」我還是笑著，不放棄跟少女做朋友的機會。

「隨便你。」

「我叫莉莉，百合花的 Lily，百分之百屬於女生的名字。」

她疑惑地看著我，我知道總會有這一天，我的聲音不夠低嗎？果然還是發現我是男生了吧？結果她笑了。

「莉莉，這個名字不錯。」

我終於有了可以叫我莉莉的朋友。現在的我也終於知道，當時坑道盡頭棲息的不是精靈，而是兩個因為孤獨，不得不互相取暖的孤獨靈魂。

象徵友誼的那條紅色橡皮筋，現在依然在我手上。

未來等著我們的是什麼呢？我跟著她走出坑道，走到圖書頂樓，途中經過老師辦公室，她順手抽出一疊考卷，把那些考卷摺成紙飛機，反正只是小考，少幾張也沒什麼關係。紙飛機一架又一架，從頂樓飛向操場，我看著她，隨便找張考卷背面，畫著她的側面。摺成八分之一，放進靠近心臟的制服口袋。

我想永遠記住這一幕，但不想她知道。

＊

「去吃燒肉吧。」

代號「少女」的高中生提議的不是吃到飽，而是很高級的那種，肉一盤一盤送上來，裝在黑色的漆器裡面，比我以前吃過的都好吃。

燒肉的煙燻得我眼睛很難過，我終於說了，其實我是男生。

我四五歲就喜歡玩娃娃，上次去學校，好像是幼稚園吧，有個女生不給我玩，她說男生不可以玩，我當場就哭了。媽媽說，這是亂世，去學校只會更亂，她決定自己帶我識字、學會基本知識。於是我的學校都在帳篷，幾家人互相帶自己的孩子。我八歲練空手道，不知道是不是常運動的關係，現在我長到一百七十公分，希望不要再高了，再高就不可愛了。直到十四歲，我才發現有地方聚集了成千上百跟我一樣年紀的女孩，但國中只有三年，加高中最多六年，我太晚知道了。現在我十五歲，也就是說只剩三年，所以我考了高中入學考。接近滿分，應該讓我來念書，但是大人都說話不算話。他們到底在怕什麼？我又不會對女生怎麼樣，我就是女生。

終於把話說出來了。

少女把本來要伸進烤盤的油亮筷子，夾住我的臉頰，那瞬間我以為自己要熟了，不過她只是像把肉翻面那樣，隨即就放開了，然後把筷子尖端可能沾了粉底的部分含進嘴巴——這樣可以鑑定我的少女度嗎？

「你很漂亮。只是在社會生存的本質不適合我們。你聽過這句話嗎？」

我沒聽過這句話，也不知道這句話到底是什麼意思。

最好不要知道。

直覺是這樣告訴我的。

自動門走進一個豐腴女生，隔壁的禿頭啤酒肚大叔，死盯住那女生不放，還大聲自言自語「這麼胖不會擋路嗎、胖死了還吃燒肉——」拜託人家又不是你的烤肉，到底關你什麼事？用別人用過的詞，你不會覺得髒嗎？可是他說的不是我，我也不能怎樣。

我們離開的時候，豐腴女生在玄關候位，低頭看著連續劇，耳機順著她的下巴、雙下巴往下。仔細看，我才發現她的胸部不是圓的，而是水滴狀，看起來不可思議地軟，胸部下方的肚子似乎更軟，疊成了三層。肚臍少了腰部支撐之後，落到更下面的地方，把原本的私處擋住了。這給了我一絲希望，只要我吃胖，不用動內分泌系統也能像女生，因為肚子能擋住生殖器，不，這樣根本划不來，這樣大家只會看到變胖的我，誰會看見我脫衣服的樣子！

但是看見門口自己的倒影，一百七十公分（還會繼續）的身高、太寬的肩膀、漸漸冒出來的喉結和鬍鬚、腳毛、手毛、下巴太方、眉毛太濃、眼睛也太小、嘴唇太薄，笑起來牙齦露出太多，再想下去，我現在死了投胎算了。

吃不完的燒肉，我們只好帶出來，因為叫太多吃不完會罰錢，所以我們帶出來，到附近公園餵貓。

有個小學生蹲在樹叢旁邊踱步，這邊踩兩下，那邊踩三下，我以為他在練什麼舞步，看清楚才知道下面有隻小貓。叫他不要弄了，小貓很可憐。旁邊爺爺在下棋，竟然沒道歉，還幫腔說小孩就是皮才是小孩啊。

「說得也是，小孩子要活潑比較可愛。」少女竟然這樣應付老人，可是如果你在外面流浪，有人在你睡覺的時候吵你打你，你會高興嗎？

爺爺很得意，回頭去看別人下棋。死小孩有爺爺撐腰，聲音更大了，說我愛怎麼做就怎麼做，關你什麼事？變本加厲，要去踢貓，我一把拉住他的書包，少女已經把筆握在指尖，劃過小鬼頭的手臂，紅黑藍三枝筆從袖口劃到手臂，但三條線都是紅的。因為小孩的皮破了，血從白色的碎皮湧了出來。爺爺還在看那邊，大概連孫子死了都不知道。

「血、我流血了——」

小孩正要哭喊，但我馬上抓住他的嘴唇，指甲掐進人中和嘴唇。以暴制暴，成語應該是這樣用沒錯。

「不准打小報告，被筆劃到死不了。」我說，「我是貓的媽媽，你現在給我好好學習怎麼餵貓。」

說著把吃不完的東西打開，讓小鬼去餵。

隔著一段距離看起來，小鬼跟兩個姊姊和平相處，一個摸著他的頭，一個握著他的手，確定貓都吃完了，也躲去別的地方，我們親切地跟死小孩說拜拜。
希望他記得這免費的一刻。

*

深夜十一點，連補習班的學生都回家了。補習班是龐大國家機器中的腐敗教育制度下的貪婪副產品裡面的寄生蟲，這不知道是這一夜、那一夜還是又一夜我們說相聲聽到的。以前補習班和學校聯手，讓大家自願適應那些空格和公式，考高分才能追尋夢想。但現在補習班像心理諮商還是醫美診所，名師一字排開，年輕漂亮，溫柔地告訴你，考不到高分也沒關係，哥哥姊姊我都在這裡陪你，你不會孤單，只要把學費乖乖繳上來就好了。

傻學生才會來這裡補習、吃難吃得要命的東西。

少女還不想回家，我們從台大醫院走到台北車站，刷卡進閘門，她牽起我的手，

「我們來玩個遊戲，現在越來越少月台可以這樣玩了。」

那時台北車站還沒裝設月台門。

我們手拉手，站在捷運末端月台、黃線後面的位置，一般人都會在那後面一步的距

離，但這個遊戲不需要，剛剛好就好了。捷運列車進站的時候，周圍的空氣開始晃動，然後有強光、軌道的聲音，快速通過的車廂，如果注視那個瞬間，車頭確實往這個方向撞來，眼睛不能移開，就會有自由落體的感覺。等車廂也慢了下來，可以從車窗玻璃外看見車廂內的人群，一車一車，像畫框一樣，當速度越來越慢，完全靜止的那一刻，我覺得地面被人踩了煞車，不由自主往右跌了一下。

「你輸了。」少女說。

動的是列車，不是我們，但眼睛和身體接收顛倒的平衡感。

車門開啟，其他人魚貫出入，一切很正常，月台乘客往前，但沒有人注視即將來臨的時刻，只有我們一起經歷那種撞上來的快感。

有時我倒在她身上，有時她倒在我身上，有時兩人一起跌倒。路人都用莫名其妙的眼光看我們，怕被我們捲進軌道，或以為我們讀書讀瘋了。

一班又一班的列車駛過，三分鐘、五分鐘、七分鐘、十五分鐘，最後是二十五分鐘，最後一班列車開走之後，她打開手機，撥給大概是家人的人，只說了一句「讀書讀太晚，沒趕到末班車。」

只要是讀書，就沒有關係。

她的父母為她在附近租了房子，讓她不用通勤，只要走十分鐘的路，就能到學校。

如果將來順利考上T大，就買房子給她。

「房子等你大學畢業以後怎麼辦？」

「租給其他學生啊，這種地方永遠都有人租。可是我沒辦法了。我一定考不上他們要的大學、他們要的科系，光是呼吸我就覺得好累，就算重考，大概也沒辦法。你知道前面這個地板，有人跳下來嗎？」

她指的是一塊跟周遭一模一樣的灰色地板。血跡和腦漿早就被洗掉了。我回憶剛才到底有沒有踩過那塊地板，但完全想不起來，腦子一片空白。

*

「帶你去我的祕密基地。」

——咦，祕密隨便跟我這個第一天認識的陌生人說，真的可以嗎？

「總有一天，我要跟那個家切斷關係，徹底消失。」她說。

大大小小的置物櫃延伸到地下室盡頭，紅黃藍綠色塊有種幼兒趣味，指示東南西北，否則越往長廊深處，越不知道自己身在何方，只要往編號前面的方向走去，就能回到原來的入口。

兩張沒什麼美感、甚至長短腳的桌子，堆滿了鞋子、粉底、假睫毛、眼影、腮紅、唇膏、吹風機、電器——幾個人打開電腦，確認寄送地址和品項，拉開膠帶裝進紙箱。看來像網拍業者。這個倉庫，就是網路賣場真實存在的地方。

個人倉庫就像車站和百貨公司的置物櫃那麼大，但從地面延伸到我的頭頂高度，不同高度有不同價錢，中間的最貴，因為一打開就能拿到，越往上下兩側，價格越便宜。這種邏輯很像靈骨塔，最低的子孫要跪下，最高的可以俯瞰世界，反正都有理由說服買主。

再往前走，是美國校園劇會看到的直立式置物櫃，上層掛衣架，下層有抽屜，我覺得很像棺材，拆掉抽屜人就能站進去了。也有房間那麼大的，據說有台商租出原來的房子，搬來自己的高檔家具，溫濕度適中，二十四小時專人監視錄影，比自己家還安全。坡道另一邊，頭髮花白的馬尾大叔牽著重型機車步入倉庫，鬼鬼祟祟的模樣絕對是怕被老婆發現。更誇張的是穿著麻質白衣白褲的男子，門一打開，按照年份擺放的紅酒根本是酒窖規格。

這裡究竟藏了多少人的祕密？

但人如果死了，又沒人知道，這些財產會怎麼處理？

合約載明，若物主超過繳費期限百日，倉庫方有權處理其中物品。但我不相信倉庫方會丟掉這些寶貝，八成是賤價拋售。

或者物主也不見得是死了，只是忘了自己有寄放東西，那就等於是倉庫的。讓倉庫真正獲利的，是別人的死亡或忘性，這種生意實在太奸詐了。

「謝謝你陪我度過人生最重要的日子，對不起，我不能照顧你了，但你留下的記憶會陪伴我這一輩子。我那天一放上臉書，很快就有朋友要，所以安心去吧，在他身邊，你一定會過得比現在幸福。」

戴眼鏡的大叔（目測三十三歲）聽起來像跟女朋友談分手，鼻子都紅了，但他說話的對象是置物櫃的紅白遊戲機。我想，當初他沒留在身邊，大概就不是很需要吧。這年頭丟東西也變成一種技術，這種倉庫變成雜物戒斷所，因為見面的時間將會越拉越長，先是幾個小時，再是幾天，然後就忘了——結果不是人死了，就是東西被賣掉。

旁邊有兩個女人，一個看起來很幹練，像我們班上大了一號的班代，就叫她大班代好了。另一個很像學生但皮膚毛孔顯然不是，十七歲的少女通常都不怎麼漂亮，頭髮綁得零零落落，但皮膚不用粉就很細有彈性，這位姑且叫樸素女。貴婦大班代提著好多紙袋，在桌上放條手帕，把剛買的名牌包放上去，拍照之後，放進櫃子與其他戰利品並列。

「自從我知道世界上有這種地方，馬上放棄買房子的夢想。」大班代勸樸素女，雖然沒有自己的房子，但她對於生活品質的要求從來沒降低，每搬一次家，她就覺得自己像是換了一個靈魂。

樸素女笑著說：「我從來沒搬過家，但也許我需要搬家，到一個誰也不認識我的地方重新開始，那樣就不用面對這些零亂的東西。三十歲，應該要過一個新的人生。」

大班代結婚了，「後來東西漸漸多了，買衣服和包包不想被老公和婆婆知道，換了大的置物櫃，加上衣架掛著。只要拍照建檔，在家裡就能想好下個禮拜的搭配。反正他們也不關心我穿些什麼，只要我說是從娘家拿來的就好了。」

但這些不也可以放在娘家？說到這她更生氣，出嫁不到一年，她爸媽就把她的房間租給學生，跟外人感情好得不得了。她的東西全放在紙箱，好像二十多年的親情一下子斷了。她一氣之下，也不想打開找東西，要用的全部重新再買，至少讓那些紙箱替她維持存在感。

「不說這了，」她注意到樸素女的戒指，一眼就看出牌子。「我本來也想買這個！但那個時候覺得一克拉以上才能保值，就買單鑽的款式。」

樸素女說沒有啦，「我只是想給自己一個紀念，我現在連伴侶都沒有，靠別人不知道什麼時候才有機會戴。」

「那時候結婚什麼都說要用好一點，但又不能挑自己最喜歡的，說你們年輕人決定就好，但一下不能黑的，一下不能白的，換三套禮服根本吃不到自己的喜酒，還餓得快要昏倒。婚紗照的首選攝影師檔期也無法配合，如果說一生只有一次婚禮，但一生也只有一次三十歲啊。」

仔細想想，很多事人生還真的只有一次，要紀念根本紀念不完。聽完她們的話，我發現長大不是值得期待的事。如果三十歲還要像十三歲一樣乖乖聽老師的話，讀書、睡覺、做體操，這多活的年份也沒有意思。長大，只是多了很多要丟掉的東西。

*

嗶嗶，少女輸入密碼，電子門應聲而開。

我第一次看見這種地方。

一張床墊、一張書桌，還有一個登機箱。這就是少女的房間。

「開學前這段時間，你都住在這種地方？」

「只有睡覺而已。反正大部分的時間在學校和補習班，住那麼好幹嘛？後來發現那個坑道，都在那裡讀書。」

這個人該不會在練習消失吧？沒去學校也沒去班上，不管是坑道還是這裡，都沒有人知道啊。如果消失就是消失了，沒人知道你去了哪裡。總覺得你搬到這裡之前，一定丟了很多東西，從這個世界消去自己生存的痕跡。

「要不要化妝？」我問，這是變成別人最快的方式。讓她坐著，我拿出自己的化妝包，擠出米粒大的粉底液，輕輕地在她臉上抹開。本來很白的皮膚更白了，不用拔掉眉毛的雜毛，因為她本來的眉形就夠好看了，薄薄的嘴唇往外擴散一些，變成性感的紅唇，最麻煩的是隱形眼鏡，雖然她沒近視，但足足花了半個小時，把那兩片塑膠插進眼睛，我都擔心她要把自己戳瞎了。但完妝以後，我都覺得那淡灰色瞳孔映照出來的女人，是別人吧。但她覺得太女生了——但你本來就是女生，而且不管我教了幾次，她還是學不會最基本的馬尾。

「剪掉吧。」她說。

我聽錯了吧？而且我只剪過角色扮演的塑膠假髮，真人的頭髮完全沒經驗。

「假髮剪壞了要花很多錢，但人的頭髮會長回來，只要不是現在這樣，怎樣我都無所謂。」

好像有點道理。在經濟的層面。

但設計師跟我講過，很多人嘴巴說剪短，但都不是真的想剪短，如果下刀太猛，客人會在心裡封殺你。我不想失去這個朋友，只要稍微剪齊就好了，但我以為最簡單、幾刀就能剪好的妹妹頭，其實很難，光是左右對稱就幾乎不可能——等我發現的時候，少女已經露出脖子的髮根，必須動到電動剃刀。

「剃光頭也不錯啊。」

頭髮散落在腳邊，不知不覺之間，死去的頭髮已經比活著的還多。我決定了，左右耳至少是差不多高的，一口氣推到耳上吧！

「眼睛閉上。」我說。

一搓一搓的瀏海，從她眉毛上方落下，我只是動也不動，等待黑色的髮絲落完，幾分鐘之前還活生生的頭髮，落在地上就成了垃圾。

「如果剪刀不小心插進脖子動脈，一切就結束了吧。」我沒回答，不知道該說什麼，但她馬上說，「開玩笑的啦。」

我輕輕吹出一口氣，吹落多餘的髮絲。

「眼睛可以張開了。」

她張開眼睛，摸著光溜溜的耳朵，那個瞬間我才意識到，在學校呼風喚雨不是公主，因為那裡的女孩，誰不是放在掌心呵護長大的？真正統治少女國的，是王子。

「怎麼樣？很糟嗎？」她問。

很糟，不能再糟了，我以為我應該是喜歡男生的，但沒想到你這麼適合短髮。為什麼我從來沒想過喜歡的是女生怎麼辦？那樣身分證不就白改了？如果以後同志婚姻合法了，我是不是應該先考慮生個孩子？基因很重要嗎？還是我應該先去精子銀行登記？

「脖子後面涼涼的，過去的我就像不存在一樣，有一部分的我死去了。」她說。

失蹤七年以後就可以判定死亡。

但不是真的死了，因為死了就什麼都沒有，先是活著，才能改變這個世界，幫助跟我們一樣的人。如果家庭和父母不是什麼好東西，那也不用勉強留在那裡。但是社會局、社工和老師，也都只會說些屁話，像我們這樣未成年的個體，被認為沒有思考能力，就算提出自己的意見，也常常說你還小，以後會懂。但是誰來決定誰有思考能力，而誰沒有？是誰來決定以後和現在？難道你不想知道，離開保護傘以後，解除封印以後，自己真正的樣子嗎？

現在的我們要帶什麼好？不能帶著登機箱，那等於昭告天下我們離家出走，很快就會受到警察盤問，但水壺和現金是必須的。

「牙刷呢？」

「用手指刷就好了。但牙膏還是要的。」

最後，必須捨棄最貴重的手機，因為一開機就會被追蹤位置，如果現在不丟到河裡，難保將來不會忍不住。

「我沒有手機。」少女說。

「一台都沒有？」我國小的手機到現在還在用，我都覺得自己很慘了，你這個名正言順的女高中生竟然沒有手機？

「他們怕我不專心念書。」

「你都考上F女了，還怕什麼？」

「連社團都不准我參加，除了生物研習社或英語研究社。」

「社團不就是要練團跳舞搞聯誼，至少也要看漫畫，你說的那種社團跟補習班有什麼兩樣？」

「所以我開學的第一天就累了。」

也對，不然我就不會在那個地方看到你了。

＊

熬到汽車旅館終於特價了，我們沿著河邊走，不知道為什麼汽車旅館都開在這種前不著村後不落店的地方。少女真的對我沒有防心，還好遇到我，要是遇到別的壞人怎麼辦，這表示她真的把我當女生看吧。街上有車子卻不開進來，車內的人也沒在睡覺，感覺像是狗仔跟監。這個時段大人還出來偷情不累啊，明天不用上班嗎？櫃檯前面有個女人，戴著口罩和太陽眼鏡，雖然不知道她是哪個名人，但在室內這樣裝扮感覺超高調，然後她就跟個落腮鬍大叔上樓了。

如果被問的話，就說我們在旅行——某種程度也是這樣啦。我要沉著地像個大人一樣，但也正因為不是大人才這樣。

電梯開了，迎接我們的是閃亮的車道，感覺像是來走秀的，但其實我比較怕旁邊降下的鐵捲門有車子忽然開出來。這個鐵捲門感覺很堅固，雖然我們根本不用停車位，磁卡感應，鐵捲門降下來，內部房間的門把開了。

遊樂場的手風琴音樂嘩啦啦響起，旋轉木馬也動了，七彩霓虹燈閃啊閃，另一邊是盪秋千。這個畫面與其說是浪漫催情，不如說是詭異。我按下紅色按鈕，這一切就停了。

床很大，而且是圓形的，放在房間中央真是超豪氣的！我助跑跳了上去，超級軟軟軟軟軟的！床頭還有各種燈光效果，全部都是四個字：迷情舞姬、粉彩蝶戀、紫色浪漫、天堂樂園、夏日之戀等等，大概有十種，但我全部按過一輪以後，覺得沒什麼差別，浪累我時間。電視也很大，可是打開來看全部的頻道都要錢，是說A片也太多種類了吧，有必要這樣細分嗎？竟然連二次元的都有，我認真想了要不要加購，可是那樣就要打電話給櫃檯吧，這樣不會覺得不好意思嗎——

正方形的石座浴缸也響起了水聲，嘩啦啦灌滿整個空間，她那邊拉門沒關，我一看，才發現浴室跟房間一樣大，「這裡好酷！」

我看著她後面的陽台，門打開了，發亮的城市在我們腳底，外面的風不斷灌進來，窗簾晃動，但我忽然覺得，她很有可能消失在十三樓的窗口——我說，浴室太大了，關窗比較不會感冒，既然音響效果很好，洗澡的時候，我們就唱歌吧。這個房間太大了，大到她隨時都會消失在我的視線內，但只要還能發出聲音，人就一定還活著。水聲停了。浴缸的水已經滿了。

少女先是用腳試了試水溫，然後像跑向大海一樣，不管衣服還沒脫，就不顧褲管會沾濕，讓整個小腿沒入，似乎對溫度很滿意，接著整個人躺了進去，吐出一連串的氣泡。

完全來不及反應。

快一點，把她拉起來！但我腿軟了，有人要死在我面前了。剛剛我在看電視的時候，她聽著水聲那麼長一段時間在想什麼呢？我勉強踏進浴缸，少女浮出頭來喘氣：「我不會游泳，所以只能用這個方法。」說完她咯咯笑個不停。

這個時候，我也差不多全身濕透。乾脆躺下。

衣服弄濕以後，緊緊黏著皮膚，但也失去保溫作用。隨著水溫逐漸冷卻，冷氣漸漸滲進身體，我從來沒覺得這麼冷過。這棟大樓有中央空調，好像很先進，但浴室就變得很冷。少女把手放在我的膝頭，我也照著做了，就像鏡子一樣，兩人僅僅靠著體溫取暖。

少女忽然鬆開了手，在乾淨的水裡睜開眼睛，把襯衫的鈕釦一顆顆解開。

本來輕飄飄的衣服，我以為會像水母一樣漂開，但衣服浸水竟然變重了，根本脫不掉。後來我才知道有魔術師這樣子死掉，等我好不容易掙脫布料的時候，覺得自己像是剝了層皮。

「每次我這麼做，都覺得舊的自己死了。」

少女笑得很開心，但我累得說不出話來，只能看著衣服漂在水面上。真的是重生了。

「但是這樣的話，站在這邊的又是誰呢？」我說。

「也許外面看起來，只是皺紋多了一點，肚子胖了一點，可是，真正的我們早就被掉包了。可能是在睡覺的時候，在運動的時候，在失去重要的東西的時候——根本不能確定自己是誰，如果用軟體來比喻，我懷疑自己早就被更新。」

「你這樣說，我覺得自己要失去你了。」

「或許早就失去了也說不定。那樣連積極去死的行為也顯得多餘。我會不會變成自己也不認識的人呢？」

我不想讓少女繼續說話，那聽起來就像遺言一樣，但我連屍體都不能幫你收拾，也不能對這件事做點什麼，甚至，也不會發現對面的你不見了。

光是喜歡是不夠的。

光是努力是沒用的。

少女像貓一樣，舔掉我的眼淚，那像繩索一樣穩固。可是，我們絕對不能走到終點，我不想讓任何人碰到我的身體，就算是女生也不可以。但是我不知道接下來該怎麼辦，就連拒絕也不知道該怎麼拒絕。

「交給我吧，你只要放鬆就好。」少女說，「現在身在這裡的，是兩個彼此互不相識的人，他們是虛構出來的。他們就是我跟你，這樣我們就暫時不用對自己和對方的人生負責。這樣，你能明白嗎？」

少女臉上爽朗的笑容，幾乎讓人錯覺這是一件值得鼓勵的事。但我不喜歡自己的身體，不相信別人也會喜歡，我站起來離開浴缸，跑到那張超大的床上，扯開被單躲在裡面。

我以為她會追來，但她沒有，我聽見漏水的聲音，還有吹風機轟轟的雜音。我放心了，拿來床頭的手機。交友網頁有幾十則未讀訊息，有的問我開學還好嗎，要不要出來拍照做模特兒，問我星座身高體重，這些問題我都不知道講過幾次了，但還是要回答。因為每個帳號都是新的人，也可以隨時斷絕聯絡，這點對我來說很安全——比現在安全。我用這些回答來轉移注意力，但很快就把訊息回完了，還是不知道下一步該怎麼辦，就找了最常聊天回覆也最快的「海安」，傳了訊息過去：

「我剛剛被親了。」

「你在哪裡？」

「我在汽車旅館。」

「哇靠你去援交喔？」

「不是啦，人家是女生。」

「哇靠為什麼都沒有女生約我？」

我是認真的，但為什麼網友只是說風涼話，以為這是在調情，我要發瘋了！沒有人可以問，就連我媽都不能，但女生應該不會對我怎樣吧？不對啊我是男的，但是我不想是男的啊。男女授受不親，現在想起這句話也不能怎樣。如果她父母現在衝進來，我這輩子就毀了吧？如果一定要進監獄，至少讓我去女子監獄。吹風機的聲音停了，她應該把頭髮吹乾了，燈光也調暗了，然後用最輕的方式上床，掀開床單，看我還在用手機，說：「你還沒睡啊？」

「睡不著。」

笨蛋，我怎麼可能睡著，現在可不是睡覺的時候，平常這時候也是聊天室最熱鬧的時候，我就算在家撥接上網也常常聊到一兩點才睡。

「好像很好玩，我可以看嗎？」

她湊過來，我馬上切掉畫面說不可以，也把手機放回床頭。她露出抱歉的表情，「對不起，我太依賴你了——」她老實地轉回去，坐在床的另一邊邊緣。我這才發現床的側面都有整面的鏡子，她的背面和正面，我從這個角度都能看見。

我懂了，只要讓她坐在我前面，我就等於有了女生的身體。意識過來的時候，我已經把下巴抵在她的肩膀上，跪在她身後，我說，「不要動，我想看看自己變成女生的樣子。」

肩膀柔和的線條，微微凸起的鎖骨，還有浴巾底下的胸部，漩渦一般的耳朵，脖子的線條也很漂亮。可惜馬尾剪了，不然一定更漂亮。一個人是沒辦法看見自己這個角度的。如果可以，我希望整形可以整得跟她一樣，改變整個身體的骨架，縮短肩胛骨、拿掉肋骨，反正我查過最後兩根肋骨也沒用，難怪上帝要用亞當的肋骨創造夏娃，但想到都覺得痛了。我從後面抱著她的腰，女孩子就連肚子都異常柔軟，好羨慕啊，光是摸著就覺得好溫暖。

她把右手完美地覆蓋在我手上，那樣我就看不見自己的手，兩個人像是只有一個身體，不知道過了多久，她的左手卻往浴巾上緣打結的地方——我想阻止她打開浴巾，但我也知道，如果錯過了，這輩子大概不會有第二次機會，所以讓她把浴巾鬆開了，落在她的肚子和腿間。原來真正的女生是這個樣子，皮膚上還會有淡淡的雞皮疙瘩。我閉上眼睛，不知道過了多久，她忽然打了一個噴嚏。

「對不起，空調太冷了。」我趕緊把被單蓋在她身上，不能讓她感冒。

我們兩個同時躺下，面向天花板，燈也不知道何時都暗了下來，只有外面的光照進來。

「你討厭自己的身體嗎？」少女問。

「討厭。如果我不是現在這樣，生下來就是個女孩子，就不用這麼麻煩——」

「如果我們的靈魂可以交換就好了。」

「好啊。你長得這麼漂亮！」

動畫常常有這種情節，一覺醒來，發現自己在陌生的床上、陌生的城市醒來，有了完全不一樣的家人，展開全新的生活。

「那我們做個交身易好了。我的名字、身分都給你，連身體也可以給你喔。」

「但是我可以拿嗎？」

「你拿走比較好。我雖然報到了，但老師同學應該都沒見過我，既然你想要這個身分，那就直接拿去吧。」

我心動了，她不要的是我永遠都得不到的——高中女生的身分。

「李飛篇。」她指著自己，像是介紹別人那樣。

李飛篇——我想起來了，我那天去的就是你的班級。原來那麼早的時候，我們就擦身而過。你在班上的位置，就是靠窗中間那一排吧。我想起坐在那個位置，聽著風吹過黑板樹的聲音。

「但在交換之前，我要先跟你說一件事，不然你一定會後悔。」

我以為是偽裝高中女生要注意的地方，但名為李飛篇的少女說的，根本不是我所煩惱的那麼簡單的事。聽了我就後悔了，我不應該知道這麼多，知道了不能分擔她的憂傷，也不能改變過去的任何事，反而增加了她的負擔。或者，我還是放棄變成女生的事比較好。

小學二年級那天中午，她放學回家，天氣很好，本來寬敞的路，突然被停車場截斷，留下一段以前的橋。她在那裡遇到一個叔叔，跟她說媽媽今天要帶她去餐廳，接下來也沒發生什麼事，頂多是叔叔脫下自己的褲子——很快就被巡邏管區的警員發現，把她和男子帶到派出所。

「我不覺得特別害怕，是媽媽後來做的事嚇到我了。」

一回到家，逼問「你怎麼可以這樣對我」、「為什麼不聽媽媽的話」，以及後來的緊迫盯人。所以少女盡量不出門，躲在房間裡面。

這樣的日子還要過多久？

「這不是你的錯。」國二的時候，長得像熊貓的胖胖心理醫生對她這麼說。她接受了，想辦法離開老家，上了台北的高中，找到機會，自己一個人住在學校附近。

那樣的黑暗，是誰也到不了的地方。

「所以跟我交換，你一定會覺得很划不來吧，因為是不乾淨的身體。」

但是，什麼事都沒有發生啊。如果我們要嚴格定義，你並沒有任何地方被實際觸碰，不，就算被觸碰了被弄髒了也不是你的錯。問題可能就在這裡，對於任何人來說，你都沒有受傷，不符合受害者的定義。但是最親近的母親，更少回家的父親，就連路上執勤的警察，都在提醒你，你不是好孩子了。

「別哭得那麼慘，我的故事很普通的。」她說完笑了，好像講的是別人的事。

我哭了嗎？看到鏡子，我哭得比她本人還慘，太誇張了，到底關我什麼事啊？但我如果不哭，誰來替她哭呢？但我這樣隨便哭了，不是顯得她很可憐嗎？如果我再堅強一點，告訴她，這沒有什麼，不去看著她的傷口，是不是就會像她希望的一樣，什麼事都沒發生？為什麼變成女生那麼麻煩？

她說：「如果我們出生不用經過任何人同意，為什麼死亡需要？為什麼有人有資格說，這個人可以死，那個人不應該？就算將來醫生可以像法官一樣，核准一個人的死刑，但痛苦可以量化嗎？年齡和疼痛也可以量化嗎？我不相信。就我個人來說，就算身體停止機能，人也停止呼吸，或許就不用繼續思考，但根本不會改變我是某個學校的學生、別人的女兒這些身分。要是真的死了，還會害你百口莫辯。旅館的人和警察還要清理屍體，最後一定也會被爸媽帶回家吧。然後媒體下標題，我都已經能看見。那些討厭的鄰居、補習班、國中的老師同學一定會說，李同學人很好很文靜，功課也不錯，人緣也很好，屁啦。然後在我臉上打馬賽克，超不爽的！就算我寫了遺書，一定也被當作垃圾。到時候一定也會給你很多麻煩。對不起，光是認識我就已經這麼糟了，後面更無法收拾。」

「到最後，都不想造成任何人困擾，想要沒有牽掛從這個世界離開嗎？」我說，現在我終於明白她身上那種乾淨的透明感，只是因為不想跟任何人接觸罷了。

「我喜歡你。」少女說。

「為什麼是我？」我嚇了一跳，這應該是告白吧。「以你的條件，應該喜歡更好的人。」

「沒有更好的了，因為你對我無所求啊，剛剛也只是把頭放在我的肩膀上，不像我的父母，要我做一個讓他們有面子的女兒，我要有條件，才能得到崇拜我的人，要漂亮，才能跟另一個人交往，想到這些就覺得想吐，你應該沒有想要從我這邊得到什麼吧？」

「有啊！」

「是什麼？」

「希望你可以活下去。」

少女笑了，「那不算啦。」

但真的有人會因為「無所求」而喜歡一個人嗎？喜歡一個人，不應該有更嚴謹的原因嗎？少女是為了我決定活下去嗎？我會不會太自我感覺良好？

「那你喜歡我嗎？」她問。

有人會這樣直接問嗎？但我是女生，應該要喜歡男生吧，我花了那麼多力氣走到這裡，就一定要成為百分之百的少女啊，我會不會只是有人對我溫柔，才放棄前進？

「對我來說，你就是你，男女根本不重要。」少女說。

那是因為她是女生，才會這樣說吧，完全不懂我的心情。

我說我該睡了，自己跑去廁所，拆開牙刷包裝，故意大聲刷牙，在盤子旁邊發現了女性內衣褲和男性內褲。天哪，這裡真的很齊全。就結果來說，沒有比汽車旅館更適合離家出走的地方了。只是穿著這些內衣褲回家的男男女女，難道不會被伴侶問是哪來的內衣內褲嗎？那樣不就穿幫了嗎？為什麼不放兩件男的或兩件女的？那樣我就可以穿穿看。是的，我到現在還是穿男生的四角褲。

回頭看見浴缸，濕掉的衣服阻塞在排水孔，不知道什麼時候，水漏完了，兩人的衣服絞在出水口，感覺髒髒的。在鏡中，我可以看見鏡子，還有床上的她，我有點混亂，但是在你身邊，我都無法確定自己會做出什麼事。這就是青春期吧？還是說，這就算愛情？我生氣了，為什麼沒辦法回應你的告白呢？為什麼你要問我這個問題？如果你不問我，我一定會毫不猶豫說喜歡。但我覺得不對，說了就等於是承諾，承諾就是永遠嗎？我倒不是擔心永遠的保存期限有多久，而是覺得她有了確定的答案之後，不管我說喜歡還是不喜歡，都會做出我不能阻止的決定。

＊

早上起來，我們穿了昨天買的衣服，濕衣服還在排水口那裡，我覺得不太對勁，拿起來比我想像得重，尤其是牛仔褲，少女叫我把那些衣服留在房間就好，但感覺怪怪的，好像有人在那邊死了，一定會嚇壞打掃的人。我一面提著，一面巡視旅館，感覺像要棄屍的殺人犯。最後隨便找了一個打開的房間，趁清潔員不注意，丟進垃圾桶。

「要不要一起拍大頭貼？」我說，現在有很多機台，可以加上各種效果，「我請你！」剛開始笑得有點僵，但加上愛心、星星效果就好多了。

我把貼紙貼在J88上面，希望我永遠記得這一刻。

晚餐我們共吃一份麥當勞，少女吃得很少，忽然說了，「你說我家的人會發現我不見了嗎？」

新聞沒有的話，大概就是沒發現吧，但也可能是偵查不公開。

「我想聽聽我爸的聲音，如果我不見了，他應該會第一個發現。」

「那我們去用公共電話，打回你家，如果是別人接的，就立刻掛掉？」

我們出去走進獨立電話亭，關上門，擠在話筒前面。少女按下數字鈕，我手心捏著銅板，電話響了三下就接起來了。

「喂？」

是男人的聲音，她的眼神似乎確定了那是她爸，但是她只喂了一聲就說不出話來。

無法道別，也無法說自己要回家，她大概還沒準備好吧。我想到她身邊的信用卡附卡，就在那男人喂了三聲之後，接著說：

「您好我這邊是某某銀行，想請問您是否有資金的需求——」

「不需要，謝謝。」

「不好意思打擾您了。」看到時鐘，顯示上午十一點，這個謊話很合理。

「他真的沒認出你的聲音嗎？」我很懷疑，但少女想不起來她們有多久沒講電話了？就算有，好像也只是我到公車站了之類的對話。

帶著全部家當，我們沒那麼多錢住汽車旅館，網咖是最好的避風港。

深色玻璃門打開，熟悉的菸味空調，這是禁菸也沒辦法抹去的歷史。顧店的男子連我們有沒有滿十八歲都沒問，就幫我們開了兩個人的視聽間。他大概是店長，工讀生沒有這麼老的吧，頭髮有點長，戴著膠框眼鏡，還留著鬍子，年齡從三十到五十都有可能。

少女明明是第一次來，但像個熟客，跟在店長後面，穿過螢幕和沙發形成的狹窄走廊，我怕她在某個轉角忽然就消失了，就抓住她的衣角。她說別擔心，牢牢牽住我的手，雖然我們都有點怕，但兩個人在一起，那害怕好像也減半了。走到底，店長掀起格子布簾，輕輕放下，這就是屬於我們的兩人間。脫鞋進去，大概兩個榻榻米大小，還有藺草的香味。這裡不能鎖門，但網咖有淋浴設備，讓通宵打怪的客人可以盥洗繼續衝刺，所以我們輪流洗澡，另一個人顧東西。

她不在的時候，我打開手機，連上拇指情報，看看今天的星座運勢，我的水瓶座還不錯，少女的雙子座不太妙，那我的好運可以分一點給她。我的網頁有好多人留了訊息，有四十歲上班族大叔、當兵的無聊男生——我可以用女生的聲音跟他們聊天，只是講得比較慢，激動的時候就會不小心露餡，懶惰的時候就說我感冒。不過那些暱稱也只是參考，很多女生也會假裝叫小宇、阿賓或騎士之類的稱呼，雖然聊過婚外情、劈腿、當兵之類的事情，但我們從來沒見面，兩邊都會怕，現在新聞不是很多拐騙網友的嗎？

腿麻了，我站起來看看周圍客人，他們都戴著耳機在打怪，有的在泡奇摩聊天室，明明是學生，卻進了三十到三十九歲的聊天室。我也去過北部高中生聊天室，那邊常常在吵架，感覺很白癡。關掉頭頂的燈，但走廊的光還是會從布簾透進來，連線遊戲的刀光火影閃閃爍爍。

*

我們穿著一樣的制服，一樣的書包，一樣的鞋子，一起去上學。只是一個在教室，一個在坑道。我們稱為薛丁格的貓計畫。不可能有人同時在教室，又在坑道遇到李飛篇。一個人不能同時在兩個地方。

我寫下李飛篇三個字，也有了合法的少女身分。剛開始有人叫我李飛篇，我還反應不過來。

中午吃便當，已經開始有社團來招生，站在講台上的學姊閃閃發光，有一種特別的使命感。我跟女孩子們去熱食部買午餐，她們第三節課就吃了，然後睡了長長的午覺。我們一起去找高三學姊，越過了整個操場，來到光復樓，她們的書都疊得亂七八糟，外面的櫃子也滿出來了。高三生活好像一點也不值得期待。

有同學拿著更新的手機，可以翻轉自拍。

被少女們圍繞的感覺，我的夢想實現了。可是重要的人卻不在身邊。

剛開始上課，我就在等放學了。

五點十分，校門口見，我以為自己遲到了，結果是手機時間調快了五分鐘，警衛室時鐘指到十分，她準時出現了。

「乾哥要請我們吃飯。」我說。

「哪來的乾哥？」

我搖搖手機，「當然是網友囉。」

一個人去見網友很恐怖，但兩個人去就不用怕。其實我們已經遲到了。但是網友嘛，也不用太認真。或說我們已經過了那個認真的時候。既然是乾哥，那就應該讓妹妹不是嗎？

站在真善美戲院前面，一個老人跑來問我們，「一個小時多少？」旁邊的男生也看過來，實在太丟臉了，沒想到我的乾哥竟然這麼老？我想逃跑，但少女在旁邊，我只好硬著頭皮回應：「你是海安哥哥嗎？」

「我是海安。」旁邊穿著灰色連帽外套的男生說，老人沒事一樣走開了，好像他剛剛問我們萬年大樓在哪裡，而不是一個小時多少錢。雖然順利見到網友，但我有點生氣，剛剛你不就看了我們好幾眼，為什麼要等到我被人欺負（雖然也沒怎樣）才出來說話，先問不就好了嗎？你以為這是英雄救美嗎？我不想說話，就跟他站在那裡。

「我以為你會傳訊息。」他說。

「我以為你一眼就會認出我。」都在拇指情報聊了兩個月，而且我一開始就認出你的暱稱出自《傷心咖啡店之歌》。交友網頁本身就是資訊判讀，這個人的性別、年紀、個性、喜歡的事物。我覺得海安應該是真的，所以我決定第一個跟他碰面。但我也非常清楚，一旦在現實相遇，就無法從彼此的人生登出。海安真的大我五歲，但沒有我想像的高，只有一百七十公分出頭，但還算是我喜歡的那種男生——如果少女沒有出現的話，但現在我不確定我喜歡誰，他也看不出來是否喜歡我，只是覺得約了就要見面。算了，肚子好餓，我不想僵持在這裡。

「這是我哥，這是我姊姊。」

我這樣替他們兩個介紹。

「是親姊姊嗎？」

「是啊。」我們兩個同時回答。

「看起來不像。」

到底是哪裡不像？討厭，我以為我們已經夠像了。

乾哥是大學生，看到我們有兩個人，還是請我們吃麥當勞。以前只要乾哥提到哪部片子，我就會去找來看。看完的當下總是──我再也不相信他的品味了！但又抵擋不住偶然說出「那我也看過了」的驕傲，好像這樣兩個人就更接近了一點。但我真的覺得自己生錯了時代，要是早一點出生就好了。那個時代一切都在前進，搖滾很叛逆，樂手都不是會來亞洲巡迴的老阿伯。

現實中，乾哥好像沒有在網路上來得好聊。說他胖胖的也不對，應該是壯壯的，戴著膠框眼鏡，看起來很聰明的樣子。他在做家教，那幫我們解題應該也不算太麻煩吧。

他跟朋友住在一間公寓，室友不在，他讓我們在兩張桌子上做功課，自己竟然跑去睡了。我有點擔心，為什麼一個異性戀男生放著女生不管，跑到床上，這是不是暗示什麼？搞得我跟少女無法專注做功課，因為要注意後面的他，但他只有一個人，我們有兩個。他也沒倒飲料給我們，不知道是沒想到，還是有別的計畫。早知道就留在麥當勞，不要跟他回到公寓，但我們真的很想看看，除了自己家以外的任何地方——

背後傳來小小的打呼聲，他真的睡著，而不是做做樣子。大概是真的很累吧。我們安心了，把功課做完也差不多晚上十點，他還是沒有要醒的意思，這樣下去該不會睡到明天早上吧？

「欸，欸。」輕輕叫他都沒回應，肚子露出一小塊白白的縫。

「現在怎麼辦？」「打電話給他吧。」

我們也只能想到這個辦法。

「我們要走了。」

乾哥人蠻好的，送我們搭公車。

如果變成那樣的大學生，可能也不是太糟糕的事。他的書看起來蠻難的。也忘了問他本名。算了，就那樣繼續叫他「欸」就好了。下次還是別再找他做功課了，反正我們兩個也一樣可以做。

「如果沒有我，你會自己一個人去見網友嗎？」少女問。

我說不會，頂多約在麥當勞就散了。想不透我明明腦筋很好，但為什麼兩個人在一起，反而變笨了呢？

晚上公車很空，但我們直接去倒數第二排後座，就是不想讓座，四個面對面的位置，椅背上都是塗鴉。少女跟我面對面一人一邊，車上沒有任何學生和上班的人，只有一些閒人。

還有好長一段路，我們可以安心睡一會兒。周圍是密集住宅區，公車左彎右拐，總覺得都在同一區，接下來都是鐵皮屋，賣些骨灰罈、佛具或窯烤披薩，窯烤真的很奇怪，這種連便當店都沒有的地方，真的很荒涼，那個窯應該不是跟骨灰罈一起的吧。東想西想，無事可做的我，終於也睡著了。

欸欸欸，膝蓋忽然被摸了一把，我突然驚醒，老人用雨傘敲我小腿。不痛，但是急促。

「現在年輕人都不讓座。」

我反射性要起身，阿伯擠進來，整個坐在我身上，我旁邊有位置沒錯，但博愛座也有位置，整台車都是空的，你一定要坐在我旁邊嗎？還有，沒下雨你用什麼雨傘？是惡意！等我反應過來要推開他，手往胸部抓來，隱形內衣當場滾落，畢竟我沒有真的胸部，阿伯跟我對看一眼，近得可以看見我的鬍渣。

「幹，是男的！」

因為他害怕的眼神，這個我人生最遺憾的地方，忽然變成最得意的地方。整台車都聽到了，但是沒人說話，沒人來幫忙，大家好像很忙一樣看著窗外。

「是男的又怎樣？」

「我摸的又不是你！」

「他是我朋友！就算不是我朋友，我也要罵你！」只有少女替我說話。

「你這麼醜，給我摸我還不要。」阿伯說的，完全是睜眼說瞎話。

「不要講些有的沒的，你摸人家就是不對！」

「不然是怎樣，摸又不會少塊肉！明明是男的，還穿這樣丟人現眼，你父母是怎麼教的！」

批評我可以，我爸媽就不行，我把阿伯推到座位上，忽然發現我媽讓我學空手道是有用的。

「怎麼樣？沒看過變態嗎？」我說，「道歉！」

「好啦，年輕人有話好好說——」

「我叫你跟我父母道歉。」

「你爸媽年紀還比我小，我吃過的鹽比他們——」

「我叫你道歉！」

「對啦，我有不對。」老頭一定沒遇過壞人，三兩下就擺平，還不用我真的打爆他。阿伯驚慌下車，口中碎唸今天運氣不好，遇到變態和肖查某——

再會了，道德這種東西，也許我本來可以做個軟派少女，但是我努力了十五年，不管怎麼說都太辛苦了，會失去自己，反而讓喜歡的人受傷。

我們平靜地度過開學的第一個月，等到第一次段考要到了，我也習慣在考卷和每個地方寫下李飛篇這個名字。

*

我們決定，兩個人都要有手機，才能隨時聯繫。

電信營業處莫名很多人，奇怪這天明明沒放假，哪來這麼多人沒事？我看他們都在聊天，櫃檯人員專業程度堪比心理諮商師，我以為只有我們前面拖慢進度，結果左右兩旁也停滯很久，聊著小孩先生公婆之類話題，現代人的心靈到底怎麼了?!偏鄉便利商店店員要講故事給留守兒童聽就算了，現在連電信公司也要轉型諮商室嗎？終於輪到我們，我們就過去挑了機子。

隔壁櫃檯的老人，好像因為坐馬桶玩遊戲，穿褲子的時候，手機不小心掉了進去。

「這個型號太舊了，我們這禮拜來了粉彩摺疊系列，比以前的手機還好，有和絃鈴聲、彩色螢幕和翻轉鏡頭。」店員十分有耐心，但老人十分苦惱，只想要他原本的那台J88。

「這台很好用啊，在醫院低功率可以講電話，我們老人家都在醫院啊。按鈕大，而且又省電，我一個禮拜十天才充電，現在換新的，打電話還要打開來太麻煩，我要那麼多功能幹什麼——」

老人根本就不懂，摺疊掀蓋機才優雅，而且拍照很重要，我們的青春可是分分秒秒在消失，雖說低功率比較健康，但最主要還是低通話費，終身免月費，後面的情侶說，「談戀愛的人一定要辦ＰＨＳ，不然我們每個月通話費太貴。」但我聽到了還是緊張了一下，希望少女沒有聽到，我絕對沒有這個意思，我們是姊妹，她是姊姊，我是妹妹，絕對不會越過朋友這條界線。

「修理也不是不能啦，但是修理費要八千九百元。」

「這不是搶劫嗎？新的都沒這麼貴！」老人說。

「錢不是問題，」老人說，「最快要多少時間？」

「送到日本，要等三到四個月，所以建議先生買新品。價格多一點點，只要九千九百元，現在我們開放購買，老客戶還有優惠。」店員說。這是一個買新的比修理還划算的年代。

「我要跟這台一樣的！」老人忽然指著我手上的J88。「多少錢？跟你買？」

不，我到這裡來是帶人來買手機，不是自己要買的啊——

「這是兩萬。」老人拿出信封的鈔票，嶄新的鈔票。

「可是這真的太多了！」我說，這裡是公共場合，大家看著這場鬧劇，但眼前是白花花的兩萬，足夠我們買兩台一模一樣的新手機。

「跟我的一模一樣！我到處都找不到！現在手機幹嘛折起來，按鍵那麼小又按不到——」老人左按右按，確定沒問題，「我不占小姑娘便宜，我老了，也不想花時間適應新手機。多的也沒關係，都給你吧。」老人不准我們拒絕，這人到底是什麼來頭？咦咦咦咦，這難道就是不勞而獲的感覺？那種不友善的眼光，還有天花板角落沉默的監視器，讓我覺得自己像欺騙老人退休金的詐騙集團，等等，你們誤會了——但我的手不知不覺把粉紅色的舊手機交出去。

「我幫小姐去後面拿兩台新的，有問題七天內都可以來換。」店員說，顯然只想盡快離開現場。

「慢！我怎麼知道你給小姐的是不是比較爛？」老人橫空殺出。

「這台是展示機，我們電腦都是從總公司工廠送來的，保證每一台都一樣。」

「那你給我這台還不是一樣。」老人這番話突破盲點。

「公司規定不可以。」

糟糕，竟然為這爭執起來了！好多人都遠遠看著我們，好像我們是什麼髒東西。我說這手機既然是我們的，就讓我們決定吧。

兩隻新手機開機了，畫面是彩色的，還能翻轉拍照。

「來，拍一張。」

我拿出手機，鏡頭對準我們兩個。

「這還能拍照啊？」老人說。

雖然不想讓他破壞我們的畫面，但基於禮貌還是邀請他合照，大不了等一下刪掉。

頭偏一點，嘴巴稍微張開，露出牙齒，但不要太多。瀏海又裂開了，撥好，下巴抬高，略微失焦的眼神，好了！加點效果，模糊的美感剛好可以遮掩皮膚的痘疤，我覺得這張合照很美，上傳瞬間就有人留言。

「拍得不錯啊。」老人看起來很滿意，「下面這些字是什麼意思？」

「我也不知道，網路的朋友。」

「你連這些人都不認識，就放自己的照片和位置，你是笨蛋嗎？要是他們跑來殺你滅口怎麼辦？快、快給我刪掉！」

「別刪別刪，難得有人會記住我們！反正你也退休了，讓人知道也沒關係，你這輩子沒幾張照片，留在這個世界上不是挺好嗎？」

老人看著手機裡的自己，感嘆說，「我已經這麼老啦？老到沒人認識我了吧？」

我提著紙盒，思考這紙盒跟手機本體不成比例，打開來想找保證書，老人招手叫了計程車，車子發動，他把我找了半天的發票往窗外丟，我來不及阻止，糟了，這下不管手機出了什麼問題，我都不能退費了。

「要來我家喝咖啡嗎？」

他說是不嫌棄的話，可以借住他家。但我們根本不知道這人的底細，會不會被載去什麼地方賣掉？但他年紀這麼大了，說話也很正常，應該不會做出什麼可怕的事吧？

既然我們有兩個人，那就沒什麼好怕。

＊

跟著老人走進大樓，外觀看起來很普通，應該有幾十年歷史，但是管理員穿著西裝，替我們拉開大門，電梯地板是黑白格子，天花板的木頭裝飾看起來很貴，還有檜木的香味。老人說，希望我們能陪他一下，但一下是多久他也沒說。只要陪伴就好。聽起來就可疑，天下哪有這麼好的事情，免費的往往是最貴的，你永遠不知道自己什麼時候要付出代價。

「可以穿鞋子進來。」

老人的房子打開，是畫廊——貨真價實的畫，還有走廊，左邊是廚房，右邊是主臥室，走到底是客廳，另外兩扇關著的門應該是房間。據說是兩戶打通，不知道到底有幾個房間，只知道這家裡有七個廁所，老頭子說不用管他，他都在客廳看電視睡覺。老人看起來都一樣，搞不懂他有幾歲，只知道他好像很健康，沒坐輪椅也沒拿枴杖。

「今年幾歲了？」

「二十一。」未成年太麻煩，我隨便講個數字。

「這樣啊，那叫什麼名字？」

「莉莉。」只有我回答。

老人瞇著眼看我，「名字跟人一樣可愛，歡迎你們來，住幾天都沒關係，這個房子很大，想住哪個房間都可以，隨意參觀。」

這麼好！但明天怎麼辦？算了，大不了回網咖，明天的事明天再說吧。

我們在大宅裡繞來繞去，老人指著左邊一幅我在美術課本上看過的畫。

「這是畢卡索的複製品。」

尬。

——但你這樣一說，難道真品就收在這個房子的哪裡？

參觀客廳，這地方大得有點誇張，我打開電視轉到娛樂新聞，讓聲音驅散周圍的尷尬。

「蘇打綠是誰？」老人問。

「主打清新風格的另類搖滾樂團。」我說。

「《盛夏光年》又是什麼？」

「前陣子很紅的電影。連這都不知道。」等我回答完，新聞換了兩個，他安靜沒幾秒，問：「仔仔又是誰？」

「他演過《流星花園》。你很煩耶，人家在看，不要一直問好不好？每換一則新聞我就要解釋一次，那我乾脆做娛樂主播算了。」

「現在新聞都不是新聞了。」老人感嘆。

「那是因為你們的新聞已經是歷史了。」我說。

我們選了進大門右邊的房間，不只因為那間最大，還離大門最近，要逃走的時候比較方便。一進房間，少女立刻把周圍的門都上鎖，但這房子全面改為無障礙設施，不但有斜坡、扶手，也有可以從外面打開的鎖，以防老人在裡面跌倒，大大的浴室裡面有溫水免治馬桶、電視和暖氣。左邊是獨立淋浴間，右邊則是正方形的石座浴缸，落地窗可以俯瞰山下。

「我可以進來嗎？」

蓮蓬頭噴出熱水，身上的泡沫蓄積在沖水口，廁所另一邊的門竟然開了，一個廁所怎麼會左右兩邊都有門？老人說他憋不住，必須進來放尿，不等我回答就衝了進來。我恨無障礙設施！這根本是無隱私設施！而且別人家就算了，這裡可是有七間廁所的豪宅，為什麼偏偏是我這間？幸好浴簾是不透明的，他不進來就沒事，如果進來，我就用手刀擊昏他再逃跑。這是正當防衛。

不過他只是一邊尿，一邊說以前的人會跟旁邊的陌生人聊天，不像現在有那麼多新聞，但我們現在也會跟網路上的陌生人聊天，這才是不受性別財富外貌限制、純精神的靈魂伴侶。而且以前新聞只是因為附近沒有監視器，所以等記者去報沒那麼恐怖，就算發生也因為戒嚴遭封口令。那個時代鄰居常常就無聲消失，誰知道是被陌生人還是政府殺掉的？

「你還沒尿完嗎？」「老人的膀胱沒力啊。」

重複的故事一直說，說到我把每根毛都洗乾淨了。

老人說，我快死了，年輕的時候不知道會變成這樣，如果可以變年輕一天，一個小時也好，他願意拿所有財產來換。算了，別說是變年輕，就是摸一下年輕的皮膚也好。

「我可以摸你一下嗎?」「不行。」

我堅定地拒絕，一邊擔心外面的少女，應該沒被這個怪老頭騷擾吧?這房子裡面會不會還有其他共犯?

「你朋友在外面，不會知道的。親一下就好!」

「跟你說不行聽不懂嗎?」

我準備給他一記前踢。

「求求你，我再活也沒多久，你一定是上天派來接我的天使!」

這時，廁所另一邊的門傳來少女的聲音，「你還好嗎?忘記拿衣服了嗎?」

我探出頭，看著老人，「沒事，我只是在唱歌。」

她是安全的，而且我想只有腳的話，應該沒關係吧。我還在猶豫時，老人忽然拔下金戒指，從浴簾底下拿過來，「這個給你，只要親一下就好。」

這是性騷擾嗎?這應該比少女遇到的露鳥狂還嚴重吧?但我現在的年紀不小了，而且談的是一場公平交易，老實說這交易也不壞，因為老人把我當做真正的女生，光是想到這點我就滿足了，更何況還有實際好處。

「只有腳而已喔，如果碰到別的地方，我一定給你一個飛踢。」

從老人雞爪一樣的手，我收下沉甸甸的金戒指，然後依照約定，從浴簾下方伸出腳去。

「你水龍頭不能關掉嗎？那樣好像在喝水一樣。」他說。

「不要拉倒，老人的嘴巴很臭，我要馬上洗乾淨。」

但就算水沒關，這種濕濕黏黏的感覺還是很討厭，我都不能分辨流出來的是溫水還是老人的口水。關不關，其實無所謂，反正我等一下都要花很多時間洗腳。問題是在這裡退後一步，難保他不會得寸進尺，所以規矩第一次就要立好，不能動搖。等老人離開，我就把浴室兩邊的門都鎖上。

「換你了。」我對少女說，但堅持要在浴室裡面吹頭髮。

「那等你吹完我再洗就好啦。」

少女拿著衣服和毛巾進去，她一定不知道我在旁邊的用意，如果老頭敢進來騷擾少女，我就打爆他。結果少女平安無事，我叫她過來吹乾頭髮。回到房間以後，兩人用一樣的手機，確認電話號碼，確認基本功能，設定了一樣的時間，一樣的鬧鐘，就算在同一個房間，也要用簡訊對話。我們平安度過了這個夜晚。

＊

「飛篇，要不要一起去上廁所？」

有了這個名字，旁邊同學就自然地挽著我，一起去女廁。F女應該是全台灣女廁密度最高的地方，而且女廁都有門，連看到沾了經血的衛生棉、棉條、衛生紙，我都覺得很幸福。短短的下課十分鐘，就算不想上廁所，也會一起去洗手，少女們真是可愛的生物。

放學了，飛篇跟我約在圖書館門口，一起走出去。穿著同樣的制服，繡著同樣的學號，使用同樣的名字，我跟她講著學校的事，她說著自己今天看過的書，還有網路聊天室遇到的人，一個人的世界擴張了兩倍，再回到我們在網咖的家。

兩人都有了手機，時間也加速了，我每節下課都傳簡訊給她，每天晚上我們都有說不完的話。為什麼對同一本書的同一句話，我們有不同看法。

錢的事情也解決了，因為老人請我們吃晚餐，送我任何想要的禮物，女性內衣、束腰、包包。經過蘋果專賣店，我說我要最新的iPOD，他當場就買了。拆封時我不知道那麼容易刮傷，鏡子一樣的平面馬上就有了細細的刮痕，算了，等出了新一代，再叫他買給我。

「只要讓他摸一次手，就可以拿到任何東西。」我跟少女說了，但我很擔心，如果他發現我是男的——

「重點不是男的女的，這種交易真的沒問題嗎？他一定會提出更進一步的要求吧？」

「但他最多是摸手啊。」我沒說在浴室親腳的事，腳不是很重要的地方，不說應該沒關係吧。但光是跟她同步率不到百分之百，我就覺得不太對勁。

網咖裡面布滿了鮮花、巧克力、玩偶，甚至是我沒說的，老人也都會送來。這樣的日子，我總覺得太幸福了，幸福得不像真的。遊戲都有結束的一天，但沒人告訴我，破關的時候是什麼樣子。

「要不要做我的女朋友？」老人常常這樣問我。

可以這樣被男生喜歡，就算老一點也沒關係。但我不想回他，不知道未來會變得怎樣，不如現在這樣。除了我，他也照顧少女、網咖老闆還有其他人，大家都叫他六爺，似乎是堂親那邊排行第六。六爺問我喜歡做什麼，我說上網，他就報名網咖的「長青一指電腦班」，課程大綱是開機、關機、打字與視訊通話，這樣就混了十八堂課，我心想不會太騙錢嗎？

「先按藍色的，再按這個白色的，就看到我們的『榮民四七』聊天室——」店長上課很無聊，但每天早上十點，老人們無論風雨，絕對準時來到「榮民四七」網路聊天室。

「老師！榮民四七是誰？」禿頭老人問。

「就是我們這個班級。」

「為什麼是榮民四七？」

「因為我們班上有四十七個人。」

「可是我看網咖只有四十四個人。」

店長扳動手指說：「劉士官長住院，他太太去照顧他，老周他媳婦生了去南部看孫子，張師傅死在光榮山莊——」

「老張死了啊。」叫作胡杯的老人忽然流下眼淚，「怎麼都沒跟我們說一聲？」

「有啊，我們還搭公車去光榮山莊。」另一個姜公，個子高高的，網名「春風含笑」，點開照片，一大票老人站在靈堂前面，胡杯看了照片，才相信自己去過告別式，收了眼淚，又問：「我哭什麼？」

這事忘了也好，店長繼續教課，點開藍色的，再找到榮民四七——

「老師！榮民四七是誰？」坐角落的尿袋老人又問。難怪這堂課可以一直上一直上，這些學生根本就記不起來啊！

「我看到這樣，覺得人還是不要活過二十歲比較好。」我說。

「如果我死了，可以幫我處理後事嗎？」六爺問。

老人真的很煩耶，死這種事會因為你多說一次，就貶值一次。而且捧斗這種事，應該是男生做的，我才不要抱著那麼大一個骨灰甕，要是肌肉更發達怎麼辦？

「這樣吧，我死了以後，房子給你，骨灰撒到那邊的安全島，這樣可以每天看到你。」六爺跟這夥老人熟了，沒事就在那邊講沒用的話。

「我老了，可能明天就沒辦法登入。」不等我回答，六爺就把密碼傳簡訊到我手機，拜託我就算在他身後，也要繼續更新他的交友網頁。

「隨便啦，你體檢報告那麼健康，不會有事的。」

「你不知道，我也不想活了，但死掉會帶給更多人麻煩，所以才撐著不死。」

雖然不知道他的承諾是真是假，但既然是交易，有些事還是要說清楚——

「別看我這麼可愛，我是男的喔。」我決定不躲不藏，直接面對。

「男的更好，不會懷孕。」他的微笑，輕易擊潰了我的決心。

只要年輕就好。這是老人唯一的要求。他還說，男的女的到他這年紀沒太多意義。

原來人只要夠老，性別就不重要了，真想趕快變成歐巴桑，那時也不用胸部和細細的聲音，為什麼人就不能跳過中年，直接變老呢？不對啊，我明明想要變成少女，而且是十五歲的少女，但我只能眼睜睜看著自己，繼續長高、肩膀變寬、聲音變粗、長出鬍鬚和濃密的體毛——

「那你可以給我二十萬，動手術嗎？」

「那個很傷身體，你知道泰國人妖都活不過四十歲嗎？你現在就很可愛啦～」

「你不給我二十萬，我也會自己去弄。」

但就算有錢，手術一樣要等到十八歲才能做，我現在唯一能做的，只有中止青春期。但吃藥讓人很不舒服，我還要繼續下去嗎？老人和少女都叫我不要做了，他們說我已經夠好了，但我不想看到以後的自己變成大叔。

*

有時我們幫忙顧網咖，因為店長常常去參加社會運動，好幾天沒回來。深夜時段的客人比較奇怪，但我們也習慣了。漫長的深夜，兩個人互相塗指甲油，時間就過了。

「卡布奇諾一杯，三個小時。」大部分的客人都會點飲料加時間。

「位置在二〇一包廂，咖啡我等一下送去。」

我把即溶咖啡粉倒進紙杯，加上半溫不熱的水，隨便攪拌就好了，那咖啡很難喝，連我自己都不喝。

「咖啡來了。」我送去榻榻米包廂。

「你可以坐在我旁邊嗎？」客人說。

「可以啊，但是不能太久。」我說。

他大腿上蓋著外套，大概是看A片，不然如果是網咖太冷，幹嘛不直接穿上。算了我也不管他，打開iPOD，連結耳機，聽聽下載的新歌，不知道聽了幾首，手機裡面的訊息全看過了，客人忽然往我手中塞了東西，我以為是要丟的垃圾，結果是兩千塊。那時他已經收好包包狂奔而出，這小費未免給得太多。平常除非購買儲值點數，不然沒有這麼大筆的進帳，我把錢收進口袋。

「你還好嗎？」換少女衝進來，問剛剛客人怎麼跑走了。

「可能有急事吧。」

「他買了三個小時，結果不到一小時就走了？」少女問。

「誰知道，他錢多吧。」

「他到底來幹嘛？」少女這句話，不是問句，瞬間就找到答案，因為她直接打開剛才客人瀏覽的網頁，戴上客人用過的耳機。果然是A片，還是眼鏡娘路線，那女優看起來沒有近視，粗框眼鏡又沒鏡片，這樣也太不敬業了吧，像我就想過，要不要配支平光眼鏡，戴個口罩應該跟一般的女生沒差別——

「我們來做個實驗吧？」

少女這句話，同樣不是問句。

螢幕中冗長的劇情，填補了我腦中的空白，其實這也不是空白，而是我夢中才能實踐的事，但因為不可能，我才把它當作空白。少女摘下客人用過的耳機，那些劇情和時間軸，都與我們無關了。

在這裡的兩個人，都想要抵達終點。

我像她上次那樣吻了她。

如果我像一般男生一樣射精，也許就不用評估、吃藥、動手術。我們互相接受對方最討厭的地方，別人看起來那麼快樂，我們一定也可以走過恐懼的深淵。我們不就努力走到這裡了嗎？

只有我們才能進行的少女實驗。

「如果是你，應該可以。」

沒有人真的說出這句話，但我相信，上次在浴室沒能完成的事，這次應該有勇氣了。

少女說，她很好，她沒事，我也像是受到鼓勵，被接受的感覺很好，難怪有那麼多人上癮，但我覺得很可怕，身體不受控制，不知道接下來會發生什麼事。

「等一下，」我說完，覺得自己絕對無法承受那份快感，不是跟女孩子在一起的感覺不好，而是我還沒決定要變成什麼人。如果什麼都不說，什麼都不做，將來我就會變成普通的男人吧。但無論如何，我就是不想變成男人。

一片混亂中，我聽見自己說，「對不起。」

*

那天以後，我們刻意保持距離，少女回到學校附近租屋處，我搬到老人的公寓。一樣用手機發簡訊，一樣用手機聊天。各自有了新的朋友，新的生活，彷彿用這樣的方式告訴對方，我過得很好，甚至比以前更好，別擔心。

*

肚子好餓啊。

我睡到上午九點多，奇怪老頭子怎麼還沒醒，平常他六點就起來運動，還會幫我帶早餐，雖然我們只隔著一道房門，基於禮貌，我還是打電話叫他，每次老頭子都會醒來。但這次沒有。我進去房間，他還在被子裡面。他不起床，大概是昨天玩得太累，我自己拿了錢，去樓下吃早餐，回來他還是沒起床。平常打呼跟打雷一樣，隔壁房間都聽得到，但現在卻靜悄悄。打開門，房內一切正常，沒有打鬥，沒有血跡。我伸出手指，放在他鼻尖，真的沒呼吸了。

死亡忽然，無影無蹤地，降臨了。

要叫救護車嗎？但是也沒救了，還是要報警？人死了真的很麻煩，比我想像的麻煩，斷氣以後不會人間蒸發，警察隨時可能破門而入。就生物的尺度來看，所有生物都往腐敗的道路前進，但他的速度更快，趁現在還沒有屍臭，把冷氣調到最冷，沒多久室內溫度降到十六度，我把衣櫃的大衣都拿出來穿，但不知道可以撐多久。

只要我不說，沒人知道他死了，網咖那群人也不知道他住哪裡吧，我只要從這裡離開，反正人不是我殺的。但指紋、頭髮，證據全部都在這裡，大樓監視攝影機也早就拍下我的身影，嫌疑犯不是我是誰？

可惡，偏偏他前幾天去做健康檢查，指數還被醫生稱讚，竟然早不死晚不死，現在就死了。背上不白之冤，我太冤了，逃了，被說是畏罪潛逃，死了，也是畏罪自殺。想死得清清白白，太難。我可以想像，報紙標題寫「陳姓少年性別錯亂、不堪課業壓力自殺」之類，我死了就虧了，就算有少女幫我辯護，還是不知道人家會怎麼亂說。

現在只能發簡訊問她吧？不對，如果我跟她聯繫，一定會留下通聯紀錄，弄不好她變成共犯，不然也是串供。不能拖累少女，為了她也為了我自己，我絕對不能逃，就承認是我殺的好了，反正未成年適用兒少法，不可能是死刑。

那麼，就是我一個人的戰役，也只能一個人去死了對吧？

她絕對不能來，也絕對不准來，打開她早上傳來的簡訊，我不能回，如果要回，也是提絕交，「我今天醒來，覺得對你一點感覺也沒有，你別再來找我了，我討厭你。」但是傳出去的話，她一定會來網咖或是老頭子家來找我吧？不，也可能就這樣算了，反正她在學校好好的，沒差我一個朋友。不能確定這封簡訊會有什麼效果，暫時放在草稿好了。

我重新檢視現場。

分屍，然後用鹽酸腐蝕？我現在有點後悔化學沒學好，但這個家的電鋸我不知道在哪裡。不依靠任何人死去，根本就是不可能的事，這點我早就知道了。腐爛生蛆，那味道會擴散，而且我也不喜歡這裡。人死了，就不用煩惱這些事，但落人口實還不能澄清，我怎麼想都覺得討厭。

我想就等到天黑，如果沒人來，放把火把這裡燒了。畢竟要清除我們在這裡生活的痕跡、指紋、頭髮、DNA應該不可能，唯一的辦法就是逃走。

但附近鄰居見過我們，需要滅口嗎？但要怎麼滅？那個鄰居好像失智了，大家一定會覺得是妄想，他的話不足採信，至於推他的看護，國語都說不好，不可能惹是生非，工作有錢拿就好了。但我絕對不想被這些網民講，他們都是些假帳號，說話不用負責。冤枉的還是我們，旁邊老頭子的手機忽然有了訊息。

發信人是梅叔，但我看不到內容，該死的手機密碼！這明明是我的手機卻換了他的密碼。對了，之前老頭子傳給我簡訊，叫我要照顧他的帳號，我回頭搜自己的手機，幸好簡訊沒刪，裡面有各式各樣的密碼。我順利開了手機。訊息匣裡面都是一些安安招呼語，算了不重要，問題是那個「榮民四七」聊天室。

早上十點了，他每天都會上網聊天。老頭子電腦沒密碼，大概嫌麻煩，我登入六十歲以上的榮民四七聊天室，都是一些無聊對話，我先隨便打個招呼。

雲端行者：早安

春風含笑：六哥今天比較晚喔

一個謊開始，就必須接著另一個謊，沒完沒了。

雲端行者：身體不舒服

剛發出去我就知道錯了，這樣不是讓他們更擔心嗎？果然後面聊天室湧入問候，就連平常很少回應的老孫，都問哪裡不舒服。這些老人久病成良醫，也不管我說哪裡痛，他們都有指示用藥，連副效果是嗜睡、脹氣、口渴之類，都傳上來，不管他們自己夜盲，也要開車送藥來。這樣鬧下去，萬一撞到無辜的路人，那可不只一條人命，我回說我想想，這麼多藥總不能一次吃下去，說不定休息一下就好。連綿不斷的訊息才稍微休止。

我走過去，老頭子的表情沒太大變化，說不定還活著？只是我們心情太激動，以為他死了，撥開被子，摸摸他手腕，脈搏好像還有微弱跳動，但我很快就發現那是我自己的血管，人依然是死的。我捏了自己一下，會痛，不是夢。

死了就死了，一切就結束了，不用煩惱這些了。但是我就算死了，也不要像現在一樣造成別人的麻煩。雖然活著就是給別人帶來麻煩，死亡只是加速這個過程。但這種說法太鄉愿，我不接受，一定有辦法貫徹自己的想法，只是我還沒想到，但大概就要在這裡結束，被押上警車、關在牢裡，但出獄就要帶著前科一輩子。也許現在結束更好一點。

我繼續檢查他的手機，漫無目的，收件匣其他朋友五天、十天問一聲，他的朋友只有這樣的交情。很好，這樣老頭子就算死了，他們也不會起疑。

我打開語音留言，發現他竟然打電話給自己：

「我什麼時候死都可以了。沒想到活到這一天，還有機會摸到年輕人的腳，雖然喝了好幾口水，衣服褲子也弄得濕濕的，可能過不久就要感冒了，可惜手機不能防水，不然我一定會拍照，死了以後放在棺材裡面燒掉。如果墓碑也可以做成等比例的腳就好了，不用刻上名字，反正我真正的名字也沒人會叫了，只要讓我的身體在這隻腳下腐爛，變成野草保護這隻腳就好了。百合花下死，做鬼也風流，我太晚知道這個道理了。」

——那是我跟他的交易，早知道就把水關掉了，但既然他本人可以接受，我也沒意見啦。

只是我慢慢聽下來，感覺他好像把語音留言當作日記。這樣祕密不都給人知道了嗎？但仔細想想，說給機器人搞不好比別人安全一點。下一則語音訊息：

「我跟你說，年輕時的朋友可以共患難，卻不能同享福，老年的朋友才可以同享福，才不會覺得愧疚。我以前沒想到會這樣，現在認清了，也不要太執著。」

這是把手機當寵物了嗎？後面這個還可以當備忘錄：

「下次出門要記得鎖門、關瓦斯，我那個美國朋友家忘了關瓦斯，廚房就算了，連他收的畫都給燒了，損失慘重。」

「唉，這機器人是不會回了。我以前聽說有聊天室，這個地方不能陪人聊天嗎？算了。」

「這個是錄音吧？開始了嗎？那我要說什麼？機器人不會陪人聊天嗎？跟你說，我存摺放在五斗櫃那裡。」

「你上回說的主機維護是什麼意思？我不是才剛買？怎麼又要修啦？這根本騙錢嘛！動不動就要輸入密碼，那我怎麼會記得？」

「你好，我是第一次用這台手機，我以前也有個一樣的，只是不小心壞掉了，我唱首歌給你聽好了，我很會唱歌，希望你會喜歡——」老頭子的歌聲傳了出來，從第一句「如果沒有遇見你」唱到不可自拔「我不能只依靠，片片回憶活下去。」

這是他最初也是最後的訊息，聽著他的歌聲，覺得這個人的生活好可憐，只有機器人聽他說話，說過的故事又重複說。除了機器人，大概也沒人有耐性。除非是網咖那批老人，聚在一起翻來覆去地說，我都說我聽過了，他們還要嘮嘮叨叨。在他人生最後，需要的不是能溝通的心靈，不管是老人還是年輕人，都會跟他頂嘴。說到底，他只要一隻耳朵就夠了，還是讓機器人去做他的朋友吧。

算了，放把火燒了，一了百了，只要溫度夠高，應該無法判定死因。我從來沒想過殺人放火這句話，竟然這麼實用。我尋找房內容易起火的東西：床單、窗簾、衣服——

我自己的手機忽然傳來訊息：

未知：不要丟下我

發信人號碼是十二個○，小時候聽過，午夜十二點撥打十二個○，就能接到地獄。開什麼玩笑？這人不是死了嗎？難道老頭子還有另一支手機？不對，一定是詐騙集團修改號碼，我拿起手機回覆那個號碼。

莉莉：什麼？

螢幕顯示對方正在回應，結果等了好久，只顯示一個字：

未知：趙

但這很像老頭子的風格，我反而有點信了。

莉莉：你說你是老頭子嗎？

未知：對

莉莉：你怎麼沒死？

未知：死了　也有意識

搞什麼鬼，人死了該不會比活著還會操作手機？過了一會兒又傳來：

未知：求你　入土為安

但我也沒辦過葬禮啊，把後事託付給我不對吧，你那麼多朋友，難道沒一個可以信任？而且報警以後，我跟你的關係也說不清楚啊。

未知：這裡爛掉　沒人知道

但我們才認識多久，你就要拜託我這種事，你在這個世界上難道就沒有其他可靠的人嗎？

未知：沒有　我把黃金都給你

我真的就從屍體身上拔下來，回應：

莉莉：成交d（˙A˙)b

人死了到底該怎麼辦？但我連死都不怕了，要是警察懷疑，我就承認是我殺的好了，不然還要為了怎麼死而煩惱。吃安眠藥會吐、喝農藥太痛、上吊會屎尿失禁、開瓦斯不小心會爆炸，沒一個周全。而且這麼可怕的事，我也沒辦法說出口，用打字的方式好了。我換回自己的帳號，到那個榮民四七聊天室問：

莉莉：六爺死了。請問該怎麼辦？

春風含笑：報警　找醫生

有回答跟沒一樣，這我也知道，那我還問你們幹嘛？沒想到這個聊天室忽然湧入大量圖片，只是上面寫著「安心上路」、「一路好走」、「R.I.P」（是R.I.P吧）、「英才天妒」、「玉樹長埋」、「駕鶴西歸」——我有種輓聯電子化的絕望，但這個死人可是扎扎實實死在這裡啊，難怪老頭子毫不猶豫指定我。

莉莉：我又不是他的家屬，臨終在他身邊不是很奇怪嗎？

老孫：不會啦　我們現在也沒跟小孩一起住　一定也會這樣

莉莉：那你們過來看看

老梅：我很忙　跟朋友在公園下棋

老吳：中風沒辦法下樓梯　要等媳婦買菜回來

春風含笑：等下要開刀

算了，這群老人沒一個能用。我決定打電話報警。

警察來了，兩個像是沒睡飽，問了幾句就結束。衛生所老醫生也撥弄屍體，熟練地確認呼吸停止，瞳孔無反射，完全沒有命案現場氣氛，用電腦連線到病歷資料庫，證明老頭子有心臟病史，一直不願意開刀。死亡證明三兩下就開好了。

「這是名片，有什麼問題可以聯絡。」醫生說，「照顧爺爺很辛苦。」

「我們不是——」

「不用跟我說沒關係。」醫生跟警察走了。「你會需要一點時間，但不要太久。」

我說這醫生是不是在搭訕？我有什麼需要幫忙呢？

看著屍體，我發現一件重要的事，醫生給我的名片是葬儀社電話。接下來，到底要怎麼處理屍體？聊天室的老人們決定，明天火化，訃聞不印，能來的朋友今晚就來道別。

莉莉：行　那我去買衣服囉╮(╯_╰)╭

身上的手機忽然振動，少女傳來簡訊。

你還好嗎？

此時此刻，她怎麼知道我出事，難道是心電感應？我好想聽聽她的聲音，但她應該在上課，說不定我等一下就心臟麻痺，或者出門時在街角被撞死——還是傳簡訊好了。

我想見你。

她立刻打電話來，我卻說不出話，不知道怎麼說起剛才發生的事，她說，她馬上過來。

＊

叮咚。

門鈴響了，少女站在門口，只帶了手機和錢，連書包都沒帶，瀏海像海苔一樣黏在額頭，剛才一定是跑過來的。

「沒事，我只是想去買衣服。」我說。

她說好，沒再問什麼，就像她一直以來那樣。

我決定去百貨公司買喪服，在路上說了老人死去的事，她竟然笑了，還說「你沒事就好」，「死了一個老人沒什麼大不了」，少女的殘酷讓我嚇了一跳，但我早就知道，死亡對她來說不是什麼要緊事。

二三樓層都是花花草草，往上走淑女服飾，才有了套裝窄裙和洋裝，我們買了一樣的衣服，全黑的套裝，看起來像大人，再到頂樓買了黑色皮鞋。我們好像忽然變成了OL。

「要不要進去喝一杯？」

少女說的，是百貨公司頂樓的酒吧。以前幫六爺下樓買菸，便利商店要看證件，他也只能自己來。現在我們走到酒吧，菸味很濃，但就是這麼暗的地方，我的年齡才可以被遮掩起來，下班時間到了，我們看起來就像旁邊的人，只是手上沒個像樣的手提包，是裝了舊衣服的紙袋。

給我紅酒。我對吧檯調酒師這麼說。紅酒喝起來澀澀的，聞到我就後悔了，既然我點了，就不能放棄。

穿著全黑套裝的兩個女生，坐在吧檯聽老歌，這就是成年的感覺吧。但不知道成年以後，我會不會忘記現在的感覺，忘記有這樣的朋友。我不是小孩子，不能說某某是我最好的朋友，卻也不是歷經滄桑的老人，可以說保證這一生該看的都看了。一切離我們好遙遠，到底什麼時候才算長大？

回到六爺的房子，大家都來了。

他們本來就擁有彼此住家的鑰匙，如果有人三天沒上線，他們不管三七二十一絕對會破門而入。姜公說，這是義氣。就怕人在棉被裡面爛了、被養的貓狗啃了。梅叔說，更怕房子變成凶宅價格變低了，留給孩子的遺產就縮水。

「你們還有心思擔心這個。」我說。

「那當然，我們活下來就是為了那點退休俸給兒女。」梅叔說。

隨便你，我才不管。放下買好的百合花，放在老頭子棺材旁邊。上廁所的時候，發現他在廁所的假牙泡在杯子，感覺很髒，但以後應該會用到，打開冷凍庫，看到他完全沒有光澤的臉，對不起，沒辦法幫你放進嘴巴，但幫你放旁邊，到了地下你自己再裝吧。

我打開iPOD，替他下載了整套鄧麗君選輯，音響傳來《何日君再來》幽幽的歌聲。

今宵離別後，何日君再來。

喝完了這杯，請進點小菜
人生能得幾回醉，不歡更何待
來，喝完這杯再說吧！

比起嗩吶花鼓，用喜歡的歌，跟真正認識的人道別，比以前我參加陌生長輩的葬禮感覺好多了。與其死後哀榮，不如活著的時候多講話。我認真考慮起自己的葬禮歌單，不對，還沒結婚的我不該先考慮這個吧。但人這輩子不見得會結婚，婚禮先想好也沒用，就算想好了，大概也會像倉庫遇到的那些女人，妥協得變成不是自己想要的。目前六十歲、終身未婚人口約四成，離異與喪偶還不算。但人一定會死，考慮葬禮歌單才是務實的作法。而且我看過表姊結婚，不能放的禁忌一堆，一定要花好月圓正能量，好聽的歌才不是這樣。死者為大，這個說法好，愛看電子花車還是二次元動漫都沒差，這才是真正做自己。

「六爺上線了！」

一群人傳來騷動，說老頭子在聊天室說話了。

雲端行者：謝謝各位兄弟來見我最後一面，我這一生有了完美的句點。沒有急救、沒有插管、肋骨沒斷、血管通暢，這種好運，實在沒得抱怨。接下來最後一段路，希望大家可以幫忙，葬禮簡單就好，我這輩子無妻無子，剩下的財產全部給莉莉。

短短幾個小時，竟然打出完整的句子和標點符號，看來他在那個世界應該很無聊，學習速度竟然變快了，死了跟沒死也差不多。我驚嘆之後，老頭子在聊天室秒回：

雲端行者：電子訊號跟意識很像，未來科技一定會往這個方向發展，而不是硬體。

莉莉：你這樣說，我覺得科技不要再進步比較好。(╯'□')╯~╩╩

春風含笑：大家都是兄弟　別客套　莉莉我們會照顧

但我白眼都要翻到天上，誰要你們的照顧啦？

老梅：小姑娘辦事俐落

我實在很想說：等你們來，我看屍體都爛了。

春風含笑：小姑娘有天分，不幹情報員太可惜。

「匪諜就在你身邊！」說完，他們都笑了，但我根本不知道笑點在哪。

「六爺沒跟你說嗎？我們是匪諜。」

我怎麼都沒辦法想像這群老人是帥氣情報員，不如告訴我怎麼樣換個身分，擺脫爸媽的追蹤吧。他們說，也沒什麼技巧，很多人來了台灣，也沒辦法帶情報送回去，有的死了，有的怕了，乾脆留下來做個平凡人，唯一不同的，是準備好了隨時死去。老孫脖子上面掛的玉佩，扭開有個小洞，裡面裝的藥吃了，十秒就死。姜公說，那是情報員的護身符，他身上有個一模一樣的玉佩，萬一被捕，不用刑求只要守密。只是不管什麼祕密，過了半個多世紀都沒有價值，就跟他們一樣。

「藝術家哪有這麼有錢，藝術品只是拿來洗錢的。而且那年代要出國，非得有點理由，藝術交流是最好的辦法，我們都是喝黨的奶水長大。不過，到了台灣，覺得這邊的生活也不錯，乾脆不回去了。」說話反反覆覆的胡杯，說了這些話，我也不知道要不要信。

「但他是真正的藝術家，為了搞藝術，只能繼續幹間諜，這個時代就是這麼一回事。」老孫說。

「偽造字跡我們是專業的。」老孫說著就自己簽字，保險金直接到繼承人名下，只是，要等到我二十歲才可以用。

「為什麼不可以現在就給我？」

「小孩子心智不成熟，等你們大一點，」

「到時候我鬍子就更多了。」我抗議。

衣櫃裡面的旗袍，才不是六爺太太留下來的，那是他自己偽裝用的。很多時候，只有扮成女人才能脫身。但他是不是自己就喜歡穿女裝，所以才會那麼樂意接待我們？

總算鬆了口氣，我才發現整件事不對勁的地方，大家都好羨慕老頭子這樣死了，這場聚會完全沒有哀傷的感覺。沒有人哭，大家都當做喜事。仔細想想，昨天跟朋友吃得那麼好，有說有笑，人生無常忽然就死了。他的表情也不太痛苦。

「這是好福分啊。」

他們聊著先行死去的人，我發現這群人能活下來才是奇蹟，大部分認識的人早就過世，第一個親人死掉的時候，不管距離多遠，都一定會哭，靈魂也像被帶走了一部分，然後是第二個、第三個，習慣了以後也沒什麼好哭，靈魂好像也乾枯了。

「聽起來死得晚的人，生命的意義也貶值一樣。」我說。

「因為人生的可能性都用光了，除了現在的這個樣子，你不可能再是別的人，再擁有別的人生。」老孫說。

我們也會這樣嗎？耗掉所有可能性，變成現在這個樣子。我才十五歲，等我到了二十歲，考上了大學，如果上的是父母喜歡的科系，我念得下去嗎？不念大學，我有別的退路嗎？唯一可以確定的，是重頭再來的成本將會越來越高，選科系、選職業、選伴侶，如果中間放棄了，是不是前面的努力都不算數？望著百合花環繞的老頭子，他好像笑了，沒人知道，這一夜過了以後，老頭子是否還會存在。

＊

我以為第一次看到死人會很感傷，但是要做的事太多，開證明、交通、儀式、火化、上山，沒時間感傷。一柱香的時間到了，三魂六魄歸位。接下來道士說一句，我們說一句。

「爺爺，我們要出門囉。」

「可是我沒喊過他爺爺，現在叫他會不會反應不過來？我不改了，老頭子，我們要出門囉。」

道士笑了一下，「老頭子，我們要進電梯了。」

「老頭子，我們要進電梯了。」

電梯門開，「老頭子，我們要出電梯了。」

但是在門口等著我們的不是榮車，而是資源回收的改裝機車。因為計程車放不下整個棺材，所以他們討論以後，決定用空間寬敞的改裝機車，而且周圍掛滿了塑膠袋、橡皮筋、布條，還有我一時沒看出來的各種雜物，也不會讓人發現是靈車。棺材離地，後方柵欄關上，引擎發動。

「老頭子交代，他死了以後，絕對不要旁邊擺台念佛機。老頭子這輩子沒拿過幾次香，還不懂得怎麼拜祖先就從軍離家，人老了臨時抱佛腳也晚了，而且每次參加朋友的告別式，每次都聽到睡著。既然是最後一段路了，聽習慣的音樂就好。」

「比起道士或和尚，他一定比較喜歡小鄧。」我說。

正要上車，樓下管理員竟然追來了！怎麼辦，這台車也開不快，我們會被送進牢裡嗎？如果一定要被抓，至少讓我們葬完老頭子吧。拜託你了，我從來不相信神的存在，但是現在可以交換條件。

「——請問，裡面裝的是趙爺爺嗎？」

「如果是，希望可以讓我陪他最後一程。」

但是這個計畫越少人知道越好，雖然我們做的是好事，但是也不適合報名好人好事，如果上網踢爆就完蛋。雖然這個保全平常見到人都好聲好氣，對老頭子更是無微不至，但怎麼可能不怕晦氣？

「趙爺爺是我的恩公。」

「可是伯伯——」

「叫我小蔡就好，別看我這樣，我才三十二歲。」

保全滿頭白髮，皮膚乾燥，嘴唇脫皮，如果他自己不說，沒有人會知道他這麼年輕。小蔡說，他大學還沒畢業，一直在照顧父母，先是母親癌症，後來父親失智。他找不到什麼好工作，只是幫忙照顧一下隔壁床開了髖關節手術，跟印尼看護溝通不良的老頭子，他們什麼都聊，咒罵自己的命運，介紹跌打損傷的中醫、支援成人尿布，什麼都有，「因為我不可能有好工作、配不起好人家、連談戀愛的時間都沒有。照顧了父親一年，存款花光，實在走不下去了，差別只是死一個或死兩個，那天下午，我想推輪椅衝進湖裡算了，要不是趙爺爺幫了我，我可能早就死了。」

但是具體來說，到底是怎麼幫呢？

「人活著，光是維持呼吸就要花很多錢，如果呼吸器沒有被發明出來就好了。」呼吸器唯一的罩門是，連接氧氣瓶的地方有個開關，如果關掉，人吸不到氧氣，不到五分鐘就會死，再把開關推回去，就像什麼事都沒發生過。如果不調閱監視器，沒有人會發現。而且那些監視器只是裝好看的，很多畫面都錄不到。死是遲早的事，你看安養院裡面每天有多少人死去？但老頭子一肩擔起這個責任，說他老了逛逛醫院找朋友很正常，找錯也不會怎樣，沒人會懷疑這個年紀的老人。所以老頭子關掉了閥門，再由親生兒子打開閥門。事情就是這樣運作。

眼前這個老人，這樣殺過人，也這樣救了人啊。

小蔡上車，我們一起穿過長長的隧道，鐵道旁邊的汽車、自強號、高鐵都毫不客氣地超越我們的慢車。我想，大家一定比較喜歡慢車的風景吧。

當山城的燈光在遠方閃耀，碼頭的貨輪逐漸靠近，我們知道，終點站到了。袋子和碎布隨風飄蕩，像是海底的水母觸鬚。火葬場散發出一種烤肉的味道。

「今天到底是什麼壞日子，有這麼多人出殯。」我說完馬上被指正，這天是所謂的黃道吉日，看到每天都有這麼多人死掉，悲傷好像也被稀釋。

我第一次來到殯儀館，等待火化，沒有家人在身邊嘮叨禁忌，我們混進其他告別式，進行靈堂巡禮，會場大同小異，死者照片高掛中間，前擺黃白菊花，不管是九十歲老奶奶、胖胖中年人、金髮年輕人，也有年紀比我更輕的西瓜皮男國中生，大頭照的他竟然用髮夾，難道也有顆少女心？不對，他應該是留著瀏海遮住眼睛的髮型，卻被強迫露出眉毛，眼睛浮腫，看起來很不開心，拍下了這張照片。

有的家屬披麻戴孝，有人裹毛巾，有人罩上黑長衫，師公在家屬前方唸咒，隱約聽懂是金沙鋪地，火樹銀花，一派富貴氣象。我忽然覺得這齣戲也挺好，師公就像專業翻譯，保持距離上的美感，不像我們這夥老爺爺，省去這道告別式，彷彿鬆了一口氣，早就去樹下抽菸。

有人遠遠地看，聽說是生肖犯沖，也有人抱小孩，還有白髮人送黑髮人——我不懂，送葬的人已經夠少了，還要把這些人趕得遠遠的，這樣有意義嗎？根本徒具形式。

如果真的犯冲，乾脆別來不是更好？家祭之後，公祭的什麼人都有，還有穿著姓名背心的議員、助理，捻香之後，大家都在旁邊那盆子洗手，感覺蠻髒的。

店長帶了一台筆記型電腦，接上管理室的網路，這樣我們就能隨時跟六爺連線，登入聊天室。

「如果我死了，可以幫我在靈堂擺上百合花嗎？」少女說。

「為什麼忽然這麼說？」我回。

「因為你做事比較可靠，要是拜託我爸媽，他們美感很差。」

「好。」

「那就這樣說定了，我會等你。」

「我也會等你。」我說。

天上人間，總會相逢，我決定了，就算我們分隔兩地，也一定能用訊息聯繫，只要有網路，我們就能在雲端相見。

墜樓的年輕人、長久住在呼吸病房的病人、獨自在家中死去的老人——他們的屍體都放在這裡，不管棺材再怎麼漂亮，也跟其他棺材一樣被送進大烤箱，我以為火葬要自己生火，像中秋烤肉或像印度人在恆河邊那樣，結果是鐵門鎖上，小小格子都是熊熊烈火。

「火來了，趕快走。」「火來了，趕快走。」家屬跟著師公，一句一句喊著。

我現在是不是死了？人死了該怎麼辦？

榮民四七聊天室有個陌生帳號，叫做永恆星嵐，不知道是誰批准這帳號進來的，但我覺得六爺絕對想不到這麼詩情畫意的暱稱，應該不是分身。我抬頭，所有人都低頭玩手機或抽菸，我找不到這個帳號是男是女是老是少，只好拿起電腦回覆那個帳號。

莉莉：別開玩笑了，哪有人死了上網求救的啊？你一定是詐騙集團。@_@

永恆星嵐：可是我什麼事都上網問，基本上也可以得到答案。

莉莉：你憑什麼覺得我們一定會理你？-ˊㅁˋ-

永恆星嵐：因為，你們看起來很閒的樣子。

這樣說也沒錯，放眼全場，沒人比這群老人悠閒自在，你這傢伙還真是找對人了。我心想。

雲端行者：黃泉路上無老小，千山萬水我獨行——

老頭子是笨蛋嗎？這種時候還來什麼上場詩，又不是在演戲！只見他繼續輸入，我不打斷他，看他要說什麼。

雲端行者：年輕小朋友，我今年八十多歲啦。睡著的時候，心臟停了就死了，我當然知道我有心臟病，但我不想治，死在手術台上太冤了，我好些老朋友就是這樣死的，身體被切得亂七八糟。我上輩子一定做了很多好事，這輩子才能好死，有女神在我身邊。我這一生，過得很幸福。死掉這件事，最無所謂的是你，倒楣的是別人。雖然你已經死了，但一定還有放不下的事吧，你要好好把握時間，去見你想見的人，做你想做的事。小朋友你今年幾歲？

永恆星嵐：你管我！

雲端行者：也是，我也是剛死，跟你沒什麼差別。

永恆星嵐：是說人死了到底該怎麼辦？

雲端行者：消失啊。

永恆星嵐：但我還在這裡好好的，根本不知道怎麼消失。我的印象停留在我在房間打開電腦抱怨我媽沒收我手機，網友罵我豪洨，想要新的手機就真的跳下來看看，別在那邊光說不練。後來很多媒體來了，還在我照片上面打馬賽克，超不爽的。啊忘了說，我好像從十三樓的窗口跳出來，直接撞到大樓廣場。但是那些新聞、照片不會消失，都是我好醜的照片，不能叫他們拿下來嗎？

雲端行者：因為你活過，要消失只有自己消失，其他證據卻不會消失。

永恆星嵐：早知道就不要出生，遇到這麼多倒楣事。

雲端行者：但還是有很多好事吧？想想你如果復活，要做的事是什麼？

永恆星嵐：打電動。

雲端行者：那打完電動以後？

永恆星嵐：打新的電動。

雲端行者：總有別的事想做吧？你沒有喜歡的女生、想做的工作？

永恆星嵐：人家又不會喜歡我，喜歡她要幹嘛，還是待在家裡打遊戲實在。

雲端行者：但你既然會在這裡，一定就是有想做的事，你現在最想做的是什麼？

永恆星嵐：打電動。

雲端行者：那就把手機拿回來吧。你手機長怎樣？

永恆星嵐：Nokia3310，深藍色。

答應是老頭子答應的，但這項差事落在我頭上，手機混在紙紮洗衣機、透天厝、冰箱、賓士旁邊等著被燒掉。少女混在老師同學上香的隊伍，掩護我在她後方，沒人過問我們是哪裡來的。趁著沒人注意把手機拿來。附近吵得要命，永恆星嵐的媽媽只顧著哭，中間還昏倒了，他爸在處理公司業務，說什麼人死不能復生。忽然有個笨蛋問我：「你是他什麼時候的同學？」我根本不知道他讀什麼學校，也不知道什麼時候分班。我想了想，說是補習班，他們說，喔你真有心。

捻香拜了，順手摸回他的3310，用這種手機的不是無聊的大人就是手機放口袋不怕撞壞的男生。永恆星嵐看來是後者。這手機從十三樓掉下來，主人都掛了，手機還能用，還讓永恆星嵐的靈魂附身，這也算是不可思議的機王吧？

「游同學在班上是個很低調的人，可是他很聰明，對遊戲有一套自己的想法，學校不准玩卡片，他就用作業簿、測驗紙，甚至是筆芯盒來玩，個性也很ＯＫ，你讓他收作業也會收，成績在中間，真的是很好的孩子。」

「游同學不是新聞寫的那樣，那天他還跟我借手機來玩，早知道就借他久一點，線上遊戲的裝備也給他。」

「嘉滿是個很好的哥哥，會照顧妹妹，會幫忙做家事，我真的沒有想到只是沒收手機，他就離開我們。如果他說，我一定會做，不會弄到今天這樣——」

永恆星嵐：我才不是個性低調，是大家都討厭我，我如果不想出別的遊戲，那誰要跟我玩？老師也不是什麼好人，沒收我那些東西，最後連筆芯盒都禁，而且成績在中間，到底是哪裡聰明啦？借我手機那同學也是避重就輕，我跟他借個手機，不到五分鐘就要我幫他寫一份作業，欸，這交易公平嗎？我媽，呵呵，我不照顧妹妹，那就等著被打好了，我也說了很多次，你要對我怎樣都可以，就是不要拿走我手機，我不是那種會抱怨的個性，因為那種會抱怨的，通常都會忍耐下去，像我爸每天說要辭職，啊他有辭職嗎？

我無話可說，但找到了一則留言。

莉莉：欸，我找到一個暱稱「煞氣ㄟ小宇」，貼在這邊給你：

------------這是分隔線------------

看ㄉ這ㄍ新聞　我好悲傷　都沒人要說句話嗎　玩遊戲有ㄕㄇ錯　難道少了一個對手　大家很高興嗎　其實我也跟游加滿玩過　如果知道他會自殺　我就把所有東西都給他了　親愛的主阿　請保佑游加滿再天上幸福　上帝請保佑他

永恆心嵐　我看過你ㄉ故事　你真是個好人　幫別人　就算被騙　也會覺得是自己的錯　助你在天上快樂　我一定會永遠記得你　並且　把你的是　傳給所有人隻道　也在開雞ㄉ時候　幫你默哀　侍奉主耶穌基督的名　阿們

一時之間，聊天室陷入靜寂，不知道是錯字太多，大家看得很吃力，還是真的被感動了。我從筆電螢幕抬起頭來，那群老人依然在抽菸，彷彿時間也凍結了。

「爺爺好，我們是往生互助會，每個月繳兩千，死了以後就有三萬塊，我們會替你收屍。」

西裝男挨次遞給老人傳單，有人做生意做到殯儀館來的嗎？死人錢你也賺！西裝男口口聲聲說，現在年輕人也沒錢，他替父母買了五個單位，讓老人至少不要帶給年輕人負擔，但我看這大叔也四十歲了，稱呼自己是年輕人不會害羞嗎？只見這群老人紛紛點頭，似乎全被說服，他們也不想插管、不想急救。但如果跟子女住在一起，一定會顧慮孝道、財產分配、別人的眼光，或者單純地害怕死亡，不知道下一步該怎麼做。

老人們對自己將來要葬在哪裡也還沒個定論，大部分的死者都會被送到山上跟海邊，「去山上不會被打擾沒錯，但我家老太婆也沒幾年能走了，要她上山看我太為難了。」「在城市住了大半生，談什麼落葉歸根，到了清明節還不是塞車，看路人的時間比墓碑還多。」「坦白說，去山上不過是活人覺得擋路而已。」「大部分的靈骨塔跟置物櫃一樣。」「活人的房屋政策七改八改，豪華墓園董事長如果破產，靈骨塔被推土機夷平只是剛好。」

聽說互助會的基地有冷氣、有開水，大家每天到那邊聊天，比公園還舒服。如果人不見了，超過三天，他們工作人員就會到登記住址，看要送醫還是收屍，但我看密密麻麻的條款根本是欺負老花眼，這個算式活越久，虧越大，怎麼會有人願意加入？也許他們只是想要有個地方聚聚，不在乎虧大虧小。我忽然想到，如果我沒去住老頭子家，他敢這樣放心死掉嗎？

我說別的老人就算了，你們每個人早起運動，身體健康搞不好比我這個熬夜爆肝的年輕人還好，雖然每天喊這個痛那個痛，但這慢性病都這麼久了，一時半刻怎麼可能在半年內死掉。既然是互助會，那不就有可能倒會？新聞不是常報誰被倒了幾百幾千萬，死會還有錢要付，但人死了怎麼繳會費？這樣真的划算嗎？

「打仗那時候苦，大家無論如何都想活下來。現在日子舒服了，反而不想活了。」梅叔說，這是我目前為止唯一可以同意的意見，國中考高中的時候，完全沒時間考慮死啊活啊的問題。

「那時候年輕啊。」

「我不懂，為什麼年輕就要活下去？每次有人想死，就被大家說是小題大作。但是，這到底關你屁事？」少女說，她跟我是這裡唯一的年輕人。「痛苦可以比較嗎？或是死的人比較少，年輕的靈魂說話就比較小聲？不然乾脆來個痛苦考試好了，考到八十分才能死算了！」

「我不懂，人生無法決定自己的開始，但至少可以決定自己的終點。你們都說年輕人不懂，但在我看來，老人多活的這些日子也沒有增加任何智慧，你們這些人只是不敢做決定。」

我研究了保險條款，自殺的壽險生效一定要等兩年。原理是自殺通常是臨時起意、反覆發作，天氣不好、情緒不穩，絕無法撐過兩年。就像永恆星嵐說的，壽險只是辦喪事，連續劇看到的詐保圖的都是意外險，動輒上千萬。

「我們能撐到兩年嗎？」

「但我們八年抗戰都挨過去，兩年算什麼？」

「老人的一天很長，一年卻很短，我們一定可以。」

「行，我們今天就保。」

「有這個意外險，我們還搞什麼互助會？包部遊覽車，一起開去海裡好了。」姜公說。這個提議不錯，但我看這些老人很快就會忘了，他們八成也只是嘴上說說，對人生終究還是捨不得。

「話不能這麼說，我們互助會，早死是多賺，晚死做功德，既然早晚要死，不如多點準備。」西裝男發現話題突然轉向，極力挽留這批有潛力的顧客。

「我這輩子注定要下地獄，多留一塊錢給孩子，就是多一塊錢，其他的顧不上了。」梅叔說。

「但我們會關心你啊，你每天來我們互助會，還有人去辦後事。」

「六哥還不是遇到莉莉，小姑娘辦事也牢靠，」梅叔看向我，「一回生二回熟，你就幫我用最簡單的方式就好了。算了，我就連埋葬都不用，丟到海裡就成了。」

「而且意外好，老人就是多意外，現在駕照說要兩年考一次，大夥一起也熱鬧。」

西裝男看他無法說服這群老人，說有需要再聯絡，去搭訕其他家屬，只有我們這邊興高采烈，人反正一定要死，那就選個大家方便的時間吧，「下一次出遊，領完重陽節禮金，遇到車子打滑也不是太稀奇的事，再加上環島就更好了，我看電視上面有人騎機車完成夢想，現在我們也有夢想了。」

夢想這個詞，被你們這樣一說，完全變髒話，但我是無所謂啦，反正送終辦了一次，第二次應該也不會更難。

「但我看旅行意外險保個一千萬，別太高，高了會被懷疑。」

「這兩年我們把後事交代了，兩年後，我們就上路。」

時間不能暫停，他們像個賭徒，下定離手見好就收。我決定，幫他們守護僅有的一切。這場聚會結束在線上投保，保費很高，但這些老人不怕，他們怕的是被時間凌遲。失去健康、失去朋友，最後連意識也失去。到時候大小便失禁也沒人幫忙翻身，死在屎尿堆，沒有一點尊嚴。投名狀真的存在，只是他們用的是自己的生命。——死生相託，吉凶相救，福禍相依，患難相依，生不同生，死必同死。這個世界確實存在這種承諾。

就算不存在，我們也要讓它存在。

自己做司機、自己做導遊，自己成為死亡這條路的嚮導。生前有夥伴同行，死後遺產能留給心愛的人，帳號也托管給適當的人。這趟有去無回的旅程就這樣定了。

「啊？你們就不能顧好自己的手機嗎？我沒把握做你們肚子的蛔蟲。」我說，既然靈魂和訊號同步，這種事你們自己來就好了，但沒人知道意識能夠存在多久，網站又能留存多久。

「你不用太在意，我們現在就等於死了，也可能更早以前就死了，留在這邊的只是幾個臭皮囊，被時代的浪潮沖到這邊來。」姜公說，「但因為有你們，我們才知道在這世上不是自己獨自一人，才能安心去死。」

聊天室跳出新的對話，永恆星嵐說情況緊急，難道是我們逆天而行，黑白無常勾魂使者來了？

永恆星嵐：手機沒電！！！

你這笨蛋！算了，永恆星嵐，雖然我們不算朋友，但我會記得幫你把手機充電。正好姜公開車來，手機也是同一種型號。一接上電源，永恆星嵐說，這裡蠻舒服的，反正只要有電，他就能提出自己的意見，保有自己的意識，這聽起來不像是死了，而像是手機戒斷症。車內有永恆星嵐和老人的手機，我雖然沒什麼忌諱，但是不想把自己的手機拿過去充電，總覺得有點髒髒的。

春風含笑：永恆星嵐，你如果沒有地方可以去，就來我們這裡吧。

這不是對我講的，但我看了有點感動，那句話像在說，我們是家族，因為網路重新締結關係的家族，更自由而穩固，不受身體拘束的承諾。

原本的聊天室，永恆星嵐丟了一句悄悄話給我，螢幕跳出新的視窗：我可以跟你要電話嗎？

我是無所謂，所以就給了。

「趙遠山先生、趙遠山先生的家屬。」

那邊叫了很久，老頭子終於燒完變成白白的骨頭。我以為骨灰會變成香灰，白白輕輕的，一吹就消失，沒想到有點多，裝在類似菜市場賣仙草愛玉那種鐵盤上面。

「請問骨灰要裝在哪裡？」火葬工問。

我們根本沒想到這個問題，那時候為了省錢不買骨灰罈，回到車上東翻西找，老車上什麼都有，大部分是紙箱、報紙、鐵鋁罐，保溫杯和乖乖桶，熱水瓶還不錯，但是開關壞了扣不緊，最後從角落找到粉紅色電子鍋，印了幾朵蘭花，感覺是某個時代流行的新婚禮物——誰說骨灰罈一定要石頭做的？拔掉插頭，就這個！

火葬工說，現在時代不一樣，做成金元寶、跑車、別墅都有，你們這個看起來保溫效果很好，全部都能裝下。

大夥回到火車站，坐在速食餐廳隔著玻璃看著壅塞車流，道路這麼混亂，卻連個義交都沒有，當初設計圓環的人絕對是個笨蛋，以為在火車站前面放個圓環可以減少交通事故，結果好好的廣場變窄，塞車搞得大家暴怒，計程車無奈排班，在夾縫中求生存。閘門吐出一波又一波乘客，他們不是往左就是往右，看起來充滿目標，知道自己的方向在哪。

平常我最討厭上下班時間，覺得這些人跟殭屍一樣。問老人要幫他們訂火車票嗎？「不用啦，隨便找個位置坐，反正年輕人會讓位。」聽了教人生氣，但確實是這樣。

出了火車站，轉搭捷運，梅叔先回到老頭子的房子辦桌，熱熱鬧鬧送老頭子最後一程。我還在對面的馬路，拎著飯鍋，好像等一下要去哪裡野餐，其實是在思考要把老頭子葬在哪裡。忽然，兩名少女穿越馬路，不往左也不往右，而是無視燈號，直接跨越圓環安全島。城市的黃昏在她們裙邊，鋪設了一條金色大道。

不知不覺到了放學時間。

然後是體育社團活動結束的五個男生，嘻嘻哈哈踩過光禿的草皮。

穿著套裝的女性上班族、牽小孩的阿嬤——

反正你被踩也不介意。不，應該說是很樂意，這裡就是你的極樂勝地。反正我看這個安全島除了賣檳榔，不可能被徵收，那我就幫你挖個洞，種在島上的楓香旁邊。而且楓葉再過一陣子，就會全紅了吧。

我拎著飯鍋，右手拿著鏟子，殺去安全島。

切開草皮，像面膜一樣整個撕開，等一下備用。往下挖洞，碎石隨便堆在旁邊。就算有人注意到我，也只是加快腳步。

一個一個，丟進挖好的洞，把土也推進洞裡，再鋪上原本的草皮。

「老頭子，最後這段路，我就陪你走到這裡。最後的最後，就給你一點優惠。」我拉開短裙邊緣，露出裡面的蕾絲，「今天的內褲是白色的，猜對了嗎？」

「——六爺，安心上路。」

只要有網路，我們就會與你同在。

傍晚的天黑了，老頭子的公寓亮了，在那個不遠的地方，有人在等我們回去。

*

五大桌冒著熱氣的菜，沒人動一口，大家都忙著拍照打卡。客廳周圍的窗戶和牆壁都被黑布圍起來，中央掛了幾盞露營燈，燈下是流水席的紅桌子。除此之外是免洗筷、塑膠匙、接近透明的淡粉紅桌布，像是在慶祝什麼。

七十二歲的梅叔，是跟著將軍逃難的粵菜大廚，大半生拿著鍋鏟闖天下。後來在鬧區開家飯館，後來違建拆了，生意也不做了，這回重出江湖。

紅色蹄膀，蒸熟後下去油炸，琥珀的色澤——這叫紅皮赤壯。旁邊的深黃色豬肉，稱之為糖醋英雄骨。最花功夫的聽說是清蒸海上鮮，魚剛上岸就送到廚房，呼吸沒斷魚腮還一張一闔就丟進大火蒸籠，因為魚本來生活在冰冷海水，不用大火，魚肉不熟，大火過頭，很快就老。星洲炒飯用的是南洋香料，吃起來酥酥的，入口即化。還有現在很少見的烏魚子拼盤，就算現在根本抓不到烏魚，但既然在台灣，就不能沒有這道菜。元籠蒸南蝦，是青菜包蝦鬆，我看沒了牙齒的老人也能輕易咀嚼。甜點是黃金奶皇包，白色包子流出黃色奶香。

這八道合稱「英雄宴」，只有官侯將相的告別式才能吃到，但他們年紀這麼大了，才不管這麼多，再說官侯將相也沒活到這麼長壽。秋天的大閘蟹滿滿的蟹膏，所謂肥美只是把還沒成形、只是小孩的螃蟹給吃掉吧。

「等我們死了以後，這些帳號怎麼辦？」「如果沒有網路，我們的事更快就會被忘記。」

他們害怕的不是痛，而是被忘記，作為情報員的一生有太多祕密，最後連名字都是假的。

梅叔說，他這幾年才把姓氏改回來，撿了同鄉的死人身分證，叫周春生。春生春生叫久了，決定把這名字留下來，只是害得兩個孩子跟他改姓。過了幾十年，回到祖先祠堂，跪著哭說孩兒不孝，親人都在文革死了，因為他到台灣逃過一劫。他說了他的真名真姓，但時間過了這麼久，大概也沒有意義，能叫他名字的父母親友，都不在這個世上了。

忽然有點羨慕他，我想去一個誰也不認識我的地方，但不管願意或不願意，只要活得夠久，好像都會走到這麼一天，這讓我稍微可以放心。我不甘心的只是，年輕的死，被當做一件大事，老了的死，被當做應該。到底是誰來決定這個標準？

叮咚，外送的珍珠奶茶來了。這是六爺生前最喜歡的飲料。

「等一下，我先拍照。」我說完，一手拿著叉子、一手拿手機，臉湊到冰前按快門。上傳以後，訊息匣忽然多了陌生人，「求認識」、「孫女嗎」、「戀愛惹」、「希望可以成為那杯珍奶。」

現在的網友都這麼浮誇嗎？剛打完這段回應，就覺得自己好像老人，刪除鍵向左刪了。他們不見得知道螢幕後面的我們是誰，叫什麼名字，卻還是建立了連結，可以毫不在乎稱讚、辱罵。如果有一天我離開這個世界，這群人大概也會保持原樣。

雲端行者：遲早會有這一天，謝謝大家陪在我身邊，我覺得很幸福。心臟停止的時候真的有點悶，但一下子就過去了，作為演員的一生，替我留下了很多東西，應該沒有遺憾了。

莉莉：走了？

店長：後會無期。

春風含笑：真走了？

雲端行者：要走了。這隻手機用不到了，就還給莉莉吧。

老梅：那你要去哪裡？

雲端行者：去死啊。就算不再回應訊息，你們也知道我會說什麼了吧。

店長：如果有人想念你呢？

雲端行者：要我大老遠回來，不如你們幫我回吧。我把帳號和密碼留在這裡，誰見了，誰就去回。如果有一天，換你們來到這個世界，我差不多也熟門熟路，可以帶你們遊山玩水。天上人間，總會相逢。我的車來了。

春風含笑：那是怎樣的車站？要不要我們去送你？有沒有缺什麼？吃的喝的夠嗎？

雲端行者：夠啦，你們燒給我的，都在這個皮箱。如果不夠，我會託夢說的。走啦。千山萬水我獨行，不必相送。

聊天室視窗擠滿訊息：

春風含笑：六哥一路好走。

老梅：六哥別掛念我們。

店長：六哥最帥。

姜公：永遠懷念您。

老梅：兩年後我們就來啦。

聊天室和手機都沒有回應，是手機沒電了嗎？這手機無論怎樣都沒有訊號。重開機也一樣，現在，這台手機完成任務，向生者告別，證明他離開這個世界的時候，並非獨自一人。他們約定了，一年後如果都沒發文，另一些人就自動更新。

「要是人沒死只是不能動呢？」我問。

「連手指都不能動，那也跟死了沒差別。」大家把帳號密碼都放上聊天室。

我用手機發訊問永恆星嵐，老頭子真的不在了嗎？你們不是在同一個稱之為死亡的空間嗎？人死了以後，以後的以後，到底去了哪裡——

永恆星嵐：我也不知道，我們只是網友，我連你們在哪都不清楚。我只是在一家網咖，但不知道什麼時候可以離開，只是不用吃飯、不用睡覺，也不會累，但有人起來，有人離開，過了玻璃門，我知道他們再也不會回來。

莉莉：你也要離開了嗎？

永恆星嵐：我要去見網友，把我身上的裝備送給小宇。

莉莉：死了才去見網友？你說的裝備也是虛寶吧。

永恆星嵐：那可是很值錢的東西，不當面給的話，要是他以為我是詐騙怎麼辦？我想了想，他才是我真正在這個世上的家人。

莉莉：你喜歡他嗎？

永恆星嵐：應該吧。

莉莉：那你打算怎麼去呢？

永恆星嵐：搭便車。

莉莉：那樣就找得到嗎？

永恆星嵐：反正我也沒別的事好做，白天車多，半夜也有貨車司機趕路，那樣我可以跟著去任何地方。

我拿著轉了一圈又回到我身邊的手機，沒有訊號，用市話撥出十二個〇，「您撥的號碼是空號，請查明後再撥。」這支手機成了徹底的廢鐵。我啟動重置，有了訊號，但要輸入帳號密碼的時候，我才知道老頭子為什麼要留下那些資訊。這隻手機變成平常的手機，沒有靈魂寄生。

我重新設定自己的帳號密碼。

漫長的同步開始了。

我忽然覺得自己可以死了，不會帶給任何人麻煩，但我的遺照絕對不能用以前的大頭照，永恆星嵐那樣太慘了，手機裡的照片應該儘早傳出去。想問我媽會出席我的告別式嗎？但這樣問了，反而會造成她的困擾吧。

死了以後要處理屍體，消失以後要辦理休學，我從來沒想過這些事，但就算死了，也有想見的人、想做的事，變成訊號被記憶的時間更長，但也沒人知道什麼時候會真正消失。留存我名字的榜單還在網路，失去意識但維持呼吸的老人也留在醫院，死了不是一切就結束了。

重點是完全消失。

現在我不怕被找到了，這個世界分為我在意的跟我不在意的，我在意的夥伴，我不在意路人，我在意的連結，我不在意的指責。

想成為少女的我、即將去見網友的鬼、一心去死的老人，如果不是網路，我們永遠不會踏出這一步。人生的最後一段路，隨時都可以開始，絕對不要拖到走不動、說不出。到那時，連思考的餘裕都沒有，只能把一切交給醫院。他們只會在你腳邊掛上各種病名，維生數據變成他們的業績，他們不用知道你的名字，只要確定你能消耗多少藥品，連最底限的自由都被合理剝奪，好像痛苦是應該的，能呼吸就是天大的恩賜。

網咖這些老人一定也不想被這個社會看笑話，為什麼人一定要好相處啊？就是難相處才獨居啊，就算在我家變成一團爛肉，我也不要別人隨便同情我。有同樣困擾的人一定不只我們吧，我們應該要組織起來，跟這個社會正面對決！

因為年輕，我們做的決定就不算數，但看看那些老人，他們的決定也常常被兒子女兒的利益取代，到底誰的決定才算數？

身為一個人，是否一定會走上這段孤獨的路？

＊

大家安安，乾妹吃飽沒，要不要一起變壞，今晚有空嗎，這些訊息照樣塞滿我的訊息匣。放學後，少女來到我身邊，一起吃晚餐，一起聽音樂，去找乾哥解題，在老頭子的公寓過夜。但我最常聊的還是永恆星嵐——過了頭七、七七、百日，他的靈魂還留在世間，不用睡覺也不用休息，總是第一時間回我訊息。

先是大家一起在聊天室，再來私下用手機簡訊。最後我不用拿著手機，也能透過擴音聊天。可是他真的很多話，明明沒問他意見，也會忽然講出來，嚇到旁邊的人。

永恆星嵐：你知道嗎？雨天的時候，影子是彩色的。

莉莉：那又怎樣(´σ-`)

永恆星嵐：沒事^^

總覺得他瞞著我什麼事情，但既然他不想講，我也不問。

「你們看，太陽雨！」網咖客人說。

從二樓網咖的落地窗看出去，斑馬線中央有兩道完整的彩虹和霓虹，出現在中興橋上方。我拿把傘和手機就衝了出去，趁六十秒的綠燈亮起，一口氣跑到馬路中央，想辦法用手機拍下這個景色，但手機太弱了，只拍到灰色的天空。

等少女放學後就來不及了，我一定要拍到。

等著下一個綠燈，陽光下有斜斜的雨絲，路人面向前方，好像都有明確的方向。只是幾秒鐘的等待時間，周圍的霧忽然變濃了，伸出手來，竟然看不見前方的手指頭。我不能往前走，但也不知道網咖的方向。

旁邊的人說，「我可以跟你撐一把傘嗎？」

抬起頭來，我旁邊站著一個黑衣劍士，穩穩握著傘柄上方，我鬆了手。

這是角色扮演嗎？就算是秋天，這套黑色風衣加皮褲感覺也會中暑，近看沒有化妝，眼睛周圍像是自帶眼線，他叼根牙籤，手上拿把不知道是道具還是真的劍。

「我們是不是在哪裡見過？」

「你好，我是永恆星嵐。」他說。

「永、永、永、永、永恆星嵐！」跟那陰鬱大頭照完全不像，我努力冷靜下來，

「為什麼你會出現在這裡？」

「因為下雨的時候，影子是彩色的，沒有形體的我，才能到這裡見你。」

「鬼不是晚上才會出現嗎？」

「這是網友最近發現的現象，所以是時代進步了吧。」

也是呢，老頭子都能登入聊天室，永恆星嵐要見誰可能也不是難事。他說，他在夢中見到煞氣ㄟ小宇，也把遊戲的寶貴裝備給了他，兩人聊得很愉快，約定在小宇基測後還要見面。

「你不覺得人生就像是遊戲嗎？」他說。

「哪裡像啦？如果是遊戲，也讓我設定一下角色性別和名字吧。」我說。

「但我倒是死了以後，才能親近這個世界。」

後面傳來火車的聲音。中華路上不知道什麼時候開始有了鐵軌，現在的我們就站在月台中央，旁邊還有兩名旅客，清一色打著黑傘，他們低聲討論，現在後悔還來得及，離開醫院可能會死之類。另一個說，那你告訴我誰不會死？

頭上的天橋很熱鬧，橋的另一邊接著一棟大樓商場。

我聽少女說過，幾十年前的西門町中華商場曾經是自殺勝地，爬上天橋，再抓準火車進站的時間，碰，一切就結束了。

蒸汽火車緩緩進站了，慢得旁邊的老人拉了扶手，兩個老人家就上車了。我想，我一定是來到過去，或是時空的縫隙。

我們並肩坐在月台上的長椅，永恆星嵐繼續撐傘，他說小時候很喜歡看星星，立志長大以後要做天文學家。現在他沒機會長大了，但也不會特別難過。

「遠遠地觀測你們的軌跡，也是一樣的。」

「我們是誰？」

「你，還有那個女生。也許你們自己不知道，但知道你們每天一起讀書、上網、聽音樂、逛街，甚至是煩惱要吃什麼，我都覺得很幸福。」

「就這樣？」

「就這樣，不然呢？」

永恆星嵐疑惑地看著我，我忽然發現他比我矮，無論是心智還是實際年齡，他根本是個小弟弟。好羨慕他喔，人死了就不會再長高。我嘆了口氣，本來以為他要跟我告白。但也同時鬆了口氣，少女說的「無所求」就是他這樣吧。

「你這種人啊，就叫做百合男子。」我說，喜歡女孩子跟女孩子在一起的，就是百合控。但我想做個真正的少女，應該要跟男生談戀愛。

「如果有任何戀愛的問題，都可以問我，我有很多美少女遊戲攻略。」

這男生是笨蛋，根本不知道我在煩惱什麼，只知道回應我的表面意思。

「時間不早了，我該走了。」

他說完，匆匆把黑傘交到我手中。我抬頭的時候，頭頂的天橋不見了，月台變成道路中央的安全島，熙來攘往的街道，永恆星嵐完成心願以後，也會像六爺那樣消失吧。

「嘿，永恆星嵐。」

沒有回答。

「嘿，永恆星嵐。」那個熟悉的聲音，再也不會回答我了吧。

「嘿，永恆星嵐。」我大聲呼喊他的名字。

不知道什麼時候，濃霧散開了。我握著 Nokia 3310，想著這台手機又要重置了，號碼也會變成空號。他竟然這樣丟下我，連再見都沒說。

「永恆星嵐大笨蛋～～」

「幹嘛？」手機忽然發出聲音，「說我壞話啊。」

「我以為你不會回來了——」

「我不是說過了，會一直觀測你們的軌跡嗎？」他一說完，我口袋另一邊的手機響了，我接起電話，是少女打來的。

「剛才下大雨，我沒帶傘被困在學校，你在幹嘛？打電話給你都不接，簡訊也不知道發幾封了。」

「對不起，剛才沒有訊號，我去找你。」

綠燈亮起，人們撐著各式各樣的雨傘過街，黑色的柏油路上都是彩色的影子。我跑了好幾個路口，不知道闖了幾個紅燈。抵達F女大門時，紅燈就像是要阻擋我的命運一樣，在這時亮了。

少女站在校門口，跟其他同學靜靜站在另一邊，但我一眼就能認出她。她笑著跟我揮手，用最低調的幅度，我知道她要我別闖紅燈。

車流快速地駛向同一個方向，六十秒後，我們將會一如往常，安全地回到網咖。

可愛的少女。

重要的網友。

縱容我的老人們。

現在的訊號非常明朗，人生這場遊戲，還可以繼續玩下去。

冬之章

跨界通訊

梅寶心　一年後

遊艇駛出基隆港，船尾吐出層層疊疊白色泡沫，濃霧漸漸散開，露出正午的陽光，光線斜射到粉紅色輓聯、一群老兵生前的合照，出席者清一色黑色服裝，排隊上香。要不是遊覽車前的那張合照，我連老爸過世那天穿什麼衣服都不知道。引擎關閉，隆隆作響的聲音忽然消失，整艘船沒了動力，前不見碼頭，後不見海岸，天上人間兩茫茫。

這場儀式沒有道士，沒有墓碑，沒有姓名，只有一望無際的海平線。

前年父親的骨灰整盒拋向大海，沒多久就沉落海底。

如果沒有遇見你，我將會是在哪裡？

日子過得怎麼樣，人生是否要珍惜？

喇叭傳出鄧麗君原音修復的歌聲，跑馬燈顯示「北緯26度22分58.8秒，東經120度28分34.0秒」，這是我們在大海中唯一的定位。或許有人問過，這些老兵是否想回大陸落葉歸根？但我爸大概會說，就算回家，父母早就不在，撒進海裡也好。

海葬，不是把一塊塊的骨灰丟下去，也不是真的變成飛灰，隨風吹逝，那種經過加工的骨灰，比較接近餵魚餵鳥的飼料。

如果有那麼一天，你說即將要離去。
我會迷失我自己，走入無邊人海裡。

不管是告別式還是對年，黑衣主持人只是靜靜放歌，不像道士高喊三跪九叩，讓我鬆了一口氣，感謝父親生前就找了這家葬儀社。至於牌位，3D列印成公仔，牌位那麼多字誰看得懂？更何況，很多老兵根本不識字。

「老王，你看這是六爺！」

「啊。」

「做得真像！跟以前一樣精神！」

「啊，啊啊。」

老先生拿著手機，和癱瘓的老朋友通話，直播就免了出門的麻煩，但根本沒人聽得懂啊啊是什麼意思。

在線觀看人數破千。

老人到了這個年紀，不能出門的比能出門的多，但我懷疑這場葬禮直播，螢幕對面的到底是老戰友、路人，或是在網路漂流的鬼魂。

「上菜！」「兄弟安心上路，我們就快來了。」

三杯高粱，嗚呼尚饗。

我記得小時候被帶去吃飯，一群老人圍在大圓桌前面，聲音大得隔桌客人都會側目。我身為小孩子，替他們覺得丟臉得不得了，總是儘快吃完，找機會閃人，或逃到雜貨店買零食。那時候父親朋友的小孩早就長大了，常常吃他們的喜酒，算來也是我的叔叔阿姨輩，但老人後來娶的妻子也常常跟他們的兒女同代，所以在這艘船上，不要隨便稱呼別人比較明智，低頭安靜滑手機就好。

「你是老梅的女兒？」老先生問我，我點頭，他就像一般長輩那樣說，「長得真漂亮。」

但我知道只要四肢健全，兩個眼睛一個鼻子，在他們的標準就是漂亮了。

「今年幾歲啦？」

「三十一。」

「看不出來，還像學生一樣，結婚沒有？」

「離婚了。」我答。

一如預期的沉默，我看著對方尷尬，覺得蠻有趣。三十一歲，不是小孩，也不是老人。可以結婚，也可以離婚。可以活著，也可以死去。我的研究所同學兩年前心肌梗塞死了。

「現在做什麼？」老人的反應高於平均值，大約不是第一次聽到，這樣很好。

「寫寫稿子，接案子。」

「那就是作家囉？」

「算是。」

「你寫現代還是古裝？」

我第一次聽到這種分類，圖個方便，我只好答：「現代。」

聊了幾句武俠小說，老人去艙內吃小管麵線，話題結束。我拿出手機，海上竟然有訊號，滑動臉書塗鴉牆，演出、得獎、換工作、厭世、曬超音波片，我剛才發的出海照片有人回「羨慕」、「我要成為海賊王」、「一路順風」——作為接案的文字工作者，彈性休假大概是唯一的福利。

以前寫劇本，總覺得劇本要演出來、被拍攝才算有意義，我就是在獨立劇展跟前男友，不，該說是前夫合作，看見自己的劇本真的搬上舞台。但在排練場的時候，我一點用處都沒有。看不出來這一次好，還是上一次更好，也許重點根本不在好不好，而是整體的協調感。

當導演（整齣戲最重要的那個角色）說，我需要你，只有你才能完成這個作品，我相信了，也或許只是沒有拒絕，兩人交往了七年，幾個朋友集資弄劇團、申請補助，幫雜誌採訪成了我的主要收入。直到有一天，他在我身邊醒來，說對不起，我心中有別人了，不能在這樣的狀態跟你結婚。

其實我知道，但你不說的話，應該就沒事了，我們在破裂的半年前登記結婚，再兩個禮拜就要宴客。婚紗照拍了、戒指買了、喜帖發了。

我說好，那就離婚吧。一個一個電話通知，婚禮延期，延到什麼時候不知道。姊妹們說還好，早點發現劈腿，不然將來有小孩更難離婚，我也只能這樣想。那時候我爸還在，精神賠償本來說要兩百萬，但他一個小導演哪有那麼多錢，我想定個一百萬，象徵性懲罰，只要他看到貸款催繳，就不會忘記這次教訓。我人生的第一桶金，竟然是這樣來的。

後來他跟學妹不到三個月就分了，看到他過得不好我就放心了，沒想到他回頭問我，要不要一起去日本，那是我們的蜜月旅行，機票早就訂了。

想了想，我答應了，這趟旅程我重新看見他許多缺點，過去我以為能包容一切，才能證明自己的愛有多深。也會替他省錢，盤算我們未來的日子。但現在不用了，想買的東西就買，大不了用他的賠償來付帳。結果刷的都是他的卡，算他有良心。但是談復合，不可能。

看過電影《推拿》嗎？王師傅說，他拿刀嚇壞了討債的人，命我不要了，但我還要這張臉啊。那時候通知婚禮取消的電話一通一通打，我一點情緒都沒有，直說自己沒事，他們全信了，還能嘻嘻哈哈跟我開玩笑。

心情不好的時候，我會打開臉書，鍵入他的名字，看他講別人作品的壞話。以前佩服他有特殊觀察力，但現在年紀大了，或許他自己也不知道，這不過是自抬身價。他的評價不完全是假的，大師級作品要天時地利人和與時代，很多大師級技巧到現代也普及了，一切都是配備的問題。但是只會講別人不足的他，現在並沒有多少作品不是嗎？

過去的作品總是他導演、我編劇，他留在排練場，我出外調查，順便接雜誌採訪，不用掛他的名字，我的名字跟更有名的人連結在一起。如果受訪者是海洋最高等的鯊魚，採訪編輯就是寄生的魚類，撿拾肉末殘屑，但是也夠活了。換我開始挑選工作，拒絕太急的案件，沒想到薪水翻倍，我這不成了坐地起價？更多的是，截稿日直接延後，我之前怎麼就沒想過，默默苦幹呢？

以前認為才氣很重要，因為誰也沒見過那東西。他總說，因為我有才氣，大家就會尊重我。錯了，收入水平不是靠才氣，而是靠紀律，無關緊要的人只會越加挑剔，沒有才氣的他們只想把你的才氣耗盡，變得灰撲撲的，跟他們一樣。以前我怕，拿出手的作品代表我整個人，受訪者的觀點等於我認同，但我發現人們很快就忘了。

我為什麼放棄編劇呢？想起來了，不是因為離婚，是更早的時候。應該是大學的時候，戀愛談了、社團去了、打工打了，心想青春差不多就這樣吧？好不容易通過系內層層甄選，成為排練助理，合作結束的檢討會，幾個學生助理和指導老師——作為助理，比組員的責任更大，但我在正式演出，走錯指令，原本不該出現的聲音，忽然出現在台上。我做了錯誤的決定：取消，比直接繼續更糟。老師說，「我覺得你沒有才氣。」

我終究讀完戲劇系，但可能就是在那個時候放棄。現在的我同樣站在這個位置，比那時候的老師更年輕，但不會說「我覺得你沒有才氣」，這種不負責任的話了。現在的我，比那時的前輩大器。

其實走錯指令和才氣無關，而是練習不足。因為出席、練習、主動，才是可以衡量的東西。當然那時候的我還不會掌握這種語言，但前輩不是專業的嗎？因為是專業的，才要使用精準的語言，而不是才氣這樣空泛的詞。老師這個位置也一樣，如果一直重複自己、走下坡，沒有我們這些半調子的學生製作，你多久沒作品了？重複自己多久了？

作為學生，天生在不平等的位置，說不出的沮喪，連被傷害的意識都沒有，當時的我只是毫無疑問、全心全意去爭取。只是想著「學習」而非「完成」什麼，要到後來出社會，有了掛上我名字、屬於我和夥伴的作品，才終於知道了，要在任何道路走下去，很少是僅僅依賴才氣。

「錯了就錯了，全部的責任我扛。」重要的是作品本身，而不是「學到什麼」。作品發到網路，沒用的網友只會抓語病，根據片面資料認為撰稿人無腦。那我倒要問問，一塊錢都沒出的你，有多偉大的貢獻啦？不如我來訪問你好了，你所說的一切都將成為逐字稿，你敢嗎？有用的網友另當別論，那是真的專家，也是我一直在等的讀者，你能說我就能改。

現在的我，不會順著受訪者想展現的形象，而是挖掘未知的部分——我承認，有時是把對方往死裡逼，甚至用祕密來交換。天曉得我到底換了多少回來，小個子女生容易讓人鬆懈，就像詐騙集團會雇用小孩和老人。但採訪的是真實人生，不是劇場，沒有排練機會，攻防必須一次到位。如果我看起來像掏心掏肺，等聚光燈一下，稿子一發，你會發現，只有你一個人在台上。

回到現實層面，接案沒有賺得比較少，但時間容易被打斷。大家以為你沒事，約你吃飯、約你聊聊、約你幫忙，我也以為自己一定能追上進度。下場就是，媽媽弟弟不要來參加的儀式，就派我來參加。

五年前，我爸第一次中風，也是我看護。那時我剛出社會，我弟在日本度假打工，臨時找不到外籍看護，申請要好幾個月。我親自帶我爸去腸胃科、內分泌，還有骨科、心臟科、眼科、耳鼻喉科、腦神經內科。根本整組壞光光。他不喜歡吃藥，早死早好一直掛在嘴邊，好像我們付出這些努力，只是增加他的痛苦。

剛住進病房，同房的老太婆嫌他臭，那個媳婦也一副死樣子，好像我們多髒。但那是我爸開刀不能走，尿桶滿了我一個小時內就會倒掉。而且是那老太婆關掉通風扇，浴室通風扇和電燈連在一起，這常識不知道嗎？

等她大兒子小兒子來探望，裝得多可憐，那媳婦來照顧，常常被嫌到自尊掃地。另外兩個媳婦也不想理這婆婆，這老太婆欺善怕惡，那媳婦也可憐，自己手上掛點滴，還要照顧這老妖怪，哪天這媳婦殺掉婆婆我也不意外。反正醫院死人這麼多，不差處理這一個。

醫生問那老太婆病情，她還拿翹，「這些我都講過，以後新來的醫生再問我，我就叫他們問你喔。」人家是醫生是來救你的命，不是你的佣人好嗎？等醫生走了，她就說，這麼年輕一定是實習醫生，醫院就是想賺我的錢。拜託床位這麼珍貴，你不用，可以去外面死一死，沒人會擋你。

但醫院也是不錯的地方，有冷氣、有座位，又不用錢。我沒事逛逛布告欄，忽然看到人體實驗，什麼都不用做，只要定時服藥、打針，到秘書室報名就好。應徵的人有男有女，有年輕人有老人。

但聽了實驗人員說明才知道，年紀越大越好。我第一次發現有工作，不要健康的年輕人，畢竟年輕力壯的人不用吃藥也能恢復健康，但新藥是針對老人開發，越接近目標客群越好。醫院的人告訴我，我是備取第一名，如果有人放棄就會通知我。我有點高興，也有點擔心，如果他們通知我，我還是別去了吧。

大廳電視播放二十四小時新聞，經過家庭醫學科，都過了半個小時，還停在四十五號。大家臉上都帶著不耐煩。

「啊啊啊啊啊——」診間傳來尖叫，「殺人了殺人了——」

護士衝出來大喊大叫，醫生白袍沾血，走廊上的病患逃竄，我也跑出醫院，到對面的便利商店待著。

看警車、新聞車來了，手機滑著即時新聞，犯人是林姓四十八歲男子，是街坊鄰居有目共睹的孝子。事發後，林姓男子騎機車回家看電視。在家中被捕，向警方說明，媽媽和自己的病一直好不了，想先殺了醫生再自殺。林姓男子還說自己「準備好了」，記者問他準備好什麼，他說準備去死。

看到這裡，我忽然放心了，他比我父親還年輕，年輕三十多歲，可是他說可以死了，父親也常常說他要死了，我們都當作是玩笑，但也可能真的活夠了。

至於受害醫師輕微切傷，身體並無大礙，明日恢復看診。

——這醫生還好嗎？發生這種事，明天還要來嗎？

這條新聞點閱率不高，可能是太普通了吧，網路沒有太多人討論，但我注意到底下留言，都是老人或失業子女的心聲，互相取暖、鼓勵、打氣，說著「我也是這樣」，「每天過著同樣的日子看不到盡頭」，「被逼到這樣只是遲早的事」，「有一天就換我了」，還有人把自己的故事寫下來，洋洋灑灑上千字。

看到這些留言，我不懂，為什麼新聞寫的和真相完全不一樣？為什麼沒有人把這些人的故事寫出來？導致新聞千篇一律「長照悲歌」、「孝子弒母」，但我沒有留言，關了視窗，等晚上我媽來接手，我就可以離開。

回到醫院大廳，現場封鎖。聽別的病患閒聊，遭到病人報復，醫生應該也有問題，如果醫生不能把人治好，那我們幹嘛來醫院？如果醫生開給我的藥沒用，我會不會去殺醫生？算了，是死是活，本來就是命中注定，怨不得別人。

電梯上樓，回到病房，我爸照樣在床上躺著，外面像是沒事。我媽提早來了，還帶了兩個便當，吃完我就可以走了。床頭櫃多了幾罐藥丸，不對，應該是我媽又亂買藥了。之前聽鄰居推薦，不知道吃了什麼偏方，身體不舒服，晚上睡不著頭痛，堆在家裡不丟掉。

「可是電台主持人阿雄說，吃這個對身體很好。」

「醫生不是說不要再吃了，你真的講不聽。如果是平常就算了，現在給爸吃這個，他真的會死啊。」

以前家裡就會出現不明健康食品，我媽很愛買這些，主持人說有病治病，無病強身，買兩罐還可以在節目中點播歌曲。如果去現場聽說明會，還會送米送沙拉油洗衣粉。但仔細想想，買健康食品都幾千幾萬，這種交易實在太划算。我還聽過業務員推銷老人：「爺爺你如果買了維他命，我就送你免費的高血壓藥。」完全是莫名其妙。

「我想讓你爸趕快出院，你就不用那麼累。」

「你怕我累就不要亂餵藥！怕我累就不要把我從台北叫回來高雄，你怎麼就不叫弟弟回來？」

我從小就一心想長大，我媽總說，我花了很長時間才學會坐、學會爬、學會走路、自己吃飯，弟弟只花了一半的時間就學會了。媽媽很愛講這件事，讓我覺得自己很笨。所以後來讀書、上大學也按照社會規範，我幾乎可以說是成功，成功得不像任何我認識的人，不像媽媽，也不像爸爸。雖然沒有整形，但就連長相都跟父母不一樣，反而跟阿姨比較像。但花了這麼多力氣，只要弟弟撒嬌、賴皮或低頭，就沒人計較這些了。後來想想，弟弟其實不是學得比我快，只是相比大人，弟弟有模仿的對象，他的標準是像我一樣就好。但對我來說，一切是全有或全無，我後來看見朋友帶孩子，才終於理解這件事，小的孩子，必須學得快一點，才能跟大的一起玩。但是我不想跟弟弟玩，他只是我的能力成績單。

「他在日本打工很辛苦，又遠。」我媽說。

「他打工度假拿多少錢回家？有比我多嗎？其實都在度假吧。」

「他還小。」

「二十五歲還拿家裡的錢去日本，二十萬還是你給他，不然他出社會有辦法存到嗎？」

「出國見見市面，對他將來有用——」

「對，我就是沒用才會來照顧你們！」

我不想聽她抱怨，拿起自己的包就走。走到醫院外面，路上遇到隔壁床那個媳婦，她帶小孩來便利商店吃晚餐，晚點送小孩回家，再過來醫院。沒想到她孩子這麼小，今年七歲，才剛上小學，她說還好早點生小孩，「我現在二十九歲，要再生一個，恐怕沒那個體力帶了。」

二十九歲，那不就大我三歲？但她滿頭白髮，皮膚乾燥，說是五十歲我也不會懷疑，本來覺得她是高齡生產，但只是生活太苦了，讓她忽然變成老人。我覺得自己跟地獄擦身而過，照顧我爸就算了，如果真的結婚，公婆也在同樣時刻倒下，是不是我要扛起這個責任？我會不會被迫放棄我的家人，必須照顧公婆？我媽會幫我爸徒手挖大便，這是我唯一不敢做的工作，但如果我媽不在了，到底是誰來做？

我決定，放棄買房的目標，去瑞士安樂死。在我有生之年，一定要存下三百萬，盡可能保持神智清醒，失智是不能通過安樂死檢測的。自由意志和三百萬，這兩個條件都很難達成，比投資進場時機還難，但是保證划算。我爸生病這個月的花費，未來在安養院一個月三萬，也不是三百萬可以搞定。而且在氣墊床上度日如年，三百萬一定划算。七十歲就去瑞士，絕對不能拖，尋死要趁早。

所以現在看來，我離婚是好事，我爸出車禍也是好事，要是我爸再中風一次，一定也是我親自照顧，不可能有別的發展。到時候，決定開刀、插管的責任都在我身上，這我還能負擔，但天邊孝子太可怕了，明明不在父母身邊，只因為血緣關係，就有權力下指導棋說，吃這個好那個好，你知道你行你來照顧啊。

如果刪節號不知道用幾個點才好，不如用一個乾淨俐落的句號。

＊

任時光匆匆流去，我只在乎你。

心甘情願感染你的氣息。

祭拜結束，啟程返航，電子歌聲迴盪在空曠的海上，船艙空氣悶熱，第一個人吐了，第二個人也吐。我逃到甲板，陸地建築物出現在海平線另一端，但我們距離靠岸，還有好長的距離，要不是為了父親的忌日，我大概不會出海。話說回來，他們這群老榮民，到底為什麼要環島呢？

我爸說他有一個夢想，就連身為小孩的我都知道，夢想不是可以掛在嘴邊的東西，更何況是八十一歲、中過風的老人家。他以前總是省吃儉用，叫我們不要去畢業旅行，他自己除非過年還是探訪療養院，也不出遠門。怎麼莫名其妙，對生活了幾十年的台灣有興趣？要是有興趣，以前就能去，何必拖到現在？

在他心中，只有福建老家好，小時侯在河邊捉蝦撈魚，翻來覆去那幾套老故事。兩岸開放後他回大陸老家，親戚不缺家電衣服和鞋子，孫輩開名車戴好錶，帶他們去三坊七巷老街走逛，路上開著甜點珍珠奶茶店，音樂是周杰倫陳綺貞，還有更多他叫不出名字，但親戚都熟的台灣歌手。老家的人想知道寶島台灣什麼好吃好玩，打開電視，主持人大談台南小吃、永康街芒果冰、鼎泰豐小籠包、花蓮小米麻糬，但作為台灣人代表的我爸一問三不知。

他說要環島，我想他大概是看了熱血的銀行廣告，幸好他們沒要騎摩托車，只要雇一台遊覽車，先是短程旅行，去屏東玻璃吊橋和觀光果園，父親為此天天去公園練歌。

出於好奇我跟他去過一次，只能說是無聊，上車沒多久大家一片鴉雀無聲，只剩此起彼落的鼾聲，每個休息站都去過，因為總有人說要尿尿，交流道附近的名產店是他們最愛，藥酒貼布至少買個一打。

遊覽車從左營榮總出發，一路往南，繞過南迴以後，在台東的濱海公路翻覆失事。

四十四人，無一生還。

一年後，從海上遠遠望著，他們失事的公路上，砂石車、遊覽車順暢來去，自行車騎士和步行環島者依然熱血，像是什麼事都沒發生。我忽然想到要拿手機打卡，萬一將來要掃墓，才有辦法在這茫茫大海定位：北緯26度22分58.8秒，東經120度28分34.0秒。

這時，我親眼見到那個瞬間，梅春生第一個按讚。

光天化日、人來人往的船上，死去的父親竟然發出交友邀請。

我想我一定是暈船了。

*

我收到父親的交友邀請。

這個帳號的塗鴉牆上都是登山照，山友一個一個消失，背景慢慢變成安養院，總有一個人插滿管子躺在床上。更後來，彼此的子女推著父母到靈堂上香，金碧輝煌的七層塔位，有的伯伯喜歡高高在上，有人不介意被人壓在頭上，只要子孫掃墓時向他下跪，不上不下的地方剛好與人同高，站著就能說盡心裡的話。總之青菜蘿蔔，各有所好。

那次中風之後，父親恢復情況很好，幾乎看不出來生過重病，他對於學習新知充滿狂熱，濫用Line貼圖到了令人困擾的地步，道聲晚安要來回十個貼圖，直到他八十一歲車禍去世為止。

出事那天路況良好，天氣穩定，但遊覽車衝出水泥護欄掉進海裡。

但我心中一直覺得他根本沒死，畢竟他就是冒名頂替來台灣的。我十六歲才知道我家姓梅不姓周，全家到戶政事務所去改姓。車禍把人都撞爛了，殯儀館化妝師修補之後，看起來有眼睛鼻子嘴巴已是萬幸。說不定他想讓小孩拿到高額保險金，自己換了個身分，還在哪裡活得好好的。

有人在他的塗鴉牆上留言。

老梅，你過得好嗎？榮家的晚餐真不是人吃的。

一路好走。

很想你，明天要參加陽明山路跑，保佑我的心臟撐下去吧。

拜託保佑我家不要被拆。

安心上路。

R.I.P.

我很喜歡阿霞，想把財產留給她，但我提結婚會不會嚇到她？

白日依山盡，黃河入海流，欲窮千里目，更上一層樓。

別怕，你來了我們就不愁三缺一了。

至於他自己，在過世的那一天寫下：我死了。

簡單明瞭，就像他離開的時候一樣。

這篇文章值六個讚，按讚和留言的那些人都過世了。他們的個人介紹寫著省籍、興趣以及出生年月日。就像生日一樣，這些死者設定了忌日通知。我不知道臉書還有這種東西，好像人從來沒死過。弔詭的是，這個帳號才存在一個多月，他的興趣粉絲頁都是些老人機構：光榮山莊、醫療器材、榮總復健科，還有一些自救會專頁。

我爸的臉書有美食照片，一開始以為被購物網站標註在內，一些叔叔伯伯的名字也在其中。他們都是最近才加入臉書，更精確地說，死後才加入臉書。我懷疑這是最新的詐騙手法，利用死者創造幽靈帳號，但檢舉無效。管理員說他目前帳戶尚無異常。看著老爸在另一個世界吃喝玩樂，這樣說也許不太對，但比起用鼻胃管灌食，如果死後真可以這樣吃遍大江南北，死了也不算太糟的事。

宋賜惠按讚。

他是老爸以前合夥的老闆。

宋賜惠的頁面是兒子最近結婚的照片，宋伯在底下留言：

「要好好疼老婆，不好意思來不及活到看到你結婚，我的保險金如果還有剩，給她買個鑽戒，不要讓人家女孩子遺憾一輩子。孩子出生的時候記得拍照上傳，油飯要提早半年訂，不然訂不到林合發。很高興你結婚了。★。*:*・\(ˊ▽ˋ)/・:*。★」

網路之中，也許真有靈魂寄宿，那我就可以問出那個最關鍵的疑問：「你為什麼要去環島？」「因為有人約我……」我跟弟弟以前也約你去阿里山，你還不是拒絕了？什麼朋友往生，留下免費的住宿券，馬上就要到期了之類，這些話我都聽過了，不用浪費時間再說一遍。

梅春生，如果你是真正的梅春生，我最想問你的是，你們根本不是想去環島，而是預謀自殺吧？為什麼不偏不倚，正好是重陽節這一天？房間收得整整齊齊，願意丟掉那些早就沒用的東西？我認為這不是巧合。你出發前一天才說過，再也沒力氣養狗了。

如果我還有理智，應該能忽略這個交友邀請。但父親和我在他生前從來沒做過朋友，如果能在網路上重新認識，也許會很好。

我按下同意邀請，和死去的父親成了朋友。

*

真的是你嗎 03'47"

不然呢 ε≡(ノ、ー、ˋ)ノ 03'48"

你不是早就死了嗎 03'51"

我生是梅家的人　死是梅家的鬼啊(•ˋω•)剛剛

念頭一轉，說不定這是娛樂節目的噱頭，確定周遭沒有攝影機之後，我隨便回了一個貼圖。我爸也回了一個貼圖，那是一隻黑狗在微笑，我們曾經養過這樣的狗，名字叫小黑。但我不能輕易中了的對方圈套，再問：

你真的知道我是誰嗎？-03'55"

Ying-Ying Bao Xin Mei啊(ʻθωθˋ)03'56"

這個回答根本不用認識我，隨便一個陌生網友也能答出來。

開玩笑的，當然是姊姊啊。ς ε(✿∧ゝ•)03'56"

不對喔，雖然我排行老大，但家裡不是這麼叫的。看我沒回應，螢幕上迸出越來越多名字——

小盈？盈兒？小雪？冬冬？甜甜？笑笑？秀秀？小米？寶寶？小湯圓？妞妞？荳荳？娃娃？妞妞？03'57"

這些人到底是誰啊？不知道是他自己想的，還是搜尋網路上「爸爸媽媽給小孩取哪些乳名」，總之，這些名字沒一個對的。

你看，這是你。(、.ゝ.、) 03'59"

螢幕那邊傳了一張父親和我在中正紀念堂合照的照片，如果不說的話，誰也沒辦法認出那是我們，因為人站得太遠了，紀念堂也在地平線的另一邊。那時候要拍照，不像現在一樣拿出自拍桿，對準自己最有信心的角度，拍出獨一無二的照片。那時候我們只求有拍到就好，不知道沖洗出來的照片是什麼樣子。那時候是我媽拿相機，我們要跑得好遠好遠，不然就是父親拿相機，我們一樣在景框裡面，所以幾乎沒有父母的合照。對於被照片記錄下來的自己，我們並不熟悉，所以總是選擇一種最安全的方式，保證有景有人。

我記得那天，你吵著要買學生票，不是兒童票。我們不想多花錢，而且你年紀還沒到，身高也是，我們不管你，結果就哭了。(。-_-。) 04'02"

聽說我爸最後付了學生票，不是兒童票，我才不哭。長大的我完全忘了這件事，但我媽常常掛在嘴邊說。我猜，當時的我一定很驕傲自己上了小學，不是我弟那種「兒童」，為了這種虛榮，害我爸多花了六塊錢。雖然只有六塊，但我爸大概有點心痛，因為他一生勤奮節儉，漱口水要拿來沖馬桶，小便要累積五次才沖，所以廁所都是尿臊味，連看病都非得千里迢迢跑去榮總，就為了免掛號費醫藥費。平常戴K金戒指，但他放在床底的卻是真金。弟弟跟我都說，早知道你有這麼多錢，平常看病就不該那樣東省西省。明明可以多花一點錢，多拿一點藥，少上幾次醫院。但我還是不相信鬼魂能上網，螢幕後面這個人，掌握了個資和信任，一定別有居心，所以我又問了一次：

你到底是誰？04'07"

這個老爸連再見都沒說就離線了。

遇到這種怪事，能不能說是靈異事件？還是詐騙集團，想利用死去的親人斂財？或者只是單純的惡作劇？

船靠岸，結束祭拜的航程，我回到現實世界，但陸地也不太穩定，剛才的事像一場夢，但打開手機，對話還在那裡，沒有消失。我照臉書個人資訊撥電話過去。響一下，通了。

「跨界通訊網咖您好，國語服務請按一，台語服務請按二，for English……」我按下一。這個服務中心到底是什麼？「歌曲點播請按一，收聽留言請按二，障礙申告請按三，業務說明請按四……」什麼東西啊？九。「對不起，您撥的號碼不正確，請查明後重新輸入。」〇，還是不對。耐著性子全部聽完之後，「直接聯繫客服人員」在四業務說明↓七網路介面↓三虛擬對話的選單。花了半個小時，客服人員全在忙碌中，〈夢中的婚禮〉輪了一輪又重播，「如有不便敬請見諒。」絕對不原諒你。我掛上電話，回到臉書。想直接問出最關鍵的問題，按 Enter 之前，又換了另一個問題。必須先弄清楚才行。

*

幾天後，我回到高雄老家，社區的H棟大廈門口圍了警告塑膠條，四五名警察來回走動拍照，鄰居無視塑膠條，照樣穿越通道和電梯，「圍觀的到後面一點」，聽到警告我才發現自己成了圍觀民眾。

「人這麼年輕，才三十出頭——」「聽說快拿到博士學位。」「昨天看她還好好的，拿著便利商店集點送的提袋出門。」「可能是工作壓力太大。」「每天慢跑也沒用。」

拼湊各種資訊，住在那棟大廈七樓的女博士生，因為心肌梗塞過世，據說還在學術界小有名氣，是學生愛戴的助教，作息正常、待人親切，沒想到突然間在書桌前面就走了。桌上的咖啡才喝到一半。我想到我在台北的桌子上，好像也有一杯咖啡，杯子還沒洗乾淨。

但是我在高雄的那幾天，沒在電視和報紙上看見任何新聞，也沒看過記者來這棟大樓，可能因為她讀的不是名校，也不是自殺，沒有任何話題性。這時我才發現自己和那些獨居老人的差異只有年紀，一樣獨居在城市的一個房間，只有房東和我能打開這座鐵門，鄰居彼此互不熟識。但這種事情不是該發生在過勞工程師、有隱疾的人們身上嗎？怎麼會發生在一個定時運動、用功念書的年輕女子身上？

我坐在爸爸以前的位置，燒餅豆漿從餐桌上消失了，取而代之是弟弟親手做的麵包，還有手沖咖啡，我不知道他有這個興趣。聽說他在便利商店工作，最近從兼職轉正職，看他有錢買什麼宮廷手沖壺和咖啡杯，收入應該不錯，吃完以後，我叫他不用收進房間，廚房角落那邊的雜物清掉，地方就算是他的了。

家裡的物品重新依照我們的需求和喜好安排。

上網訂早就該買的微波爐，以前我爸說不用花錢，我媽擔心癌症，但我媽跟我弟在家，連我租的房子都有微波爐，這兩個人怎麼能沒有呢？

我從抽屜找出父親的生前契約，這家禮儀社提供各種服務：二十四小時往生接送車、保險規劃、好氣色遺照、在世葬禮體驗、棺木試躺、風水區位、花材布置和試菜服務，當然也有宗教諮詢人員。

父親的遺物裝在紙箱，似乎事情發生以後，就沒人去動它。我打開看看，就一些用過的衛生紙、打結的塑膠袋、皺皺的發票和收據。衛生紙沒辦法化驗，我不覺得能查出什麼，只是父親擦了一次捨不得丟。塑膠袋是他特別喜歡蒐集的東西，不管到哪裡都會帶著幾個，在他們身邊總能聽見塑膠袋窸窸窣窣的聲音。發票倒是一項重大發現，沒想到他連九月十月的發票都留著，只是每張都揉成紙團，這是父親對獎的習慣，每逢單月二十五號那天早上，他一定會戴上老花眼鏡，坐在玄關桌邊，翻開報紙，一張一張對發票，沒中的揉掉，中獎的就立刻拿去郵局取錢。

他一定是清早對發票，出門的時候匆忙拿走中獎的。果然，他把中獎發票放在皮夾內側。我對了一遍，獎金兩百元。

但猛然想起，過了一年，中獎也沒用。

雖然他沒兌換現金，但他應該很開心，幸運之神還是眷顧著他吧。

我攤開紙團，按照日期排列，看見他買了白長壽菸、紅包、奠儀袋、乾電池，繳了水電瓦斯費，可是家裡沒養貓，他卻買了貓罐頭，大概是餵食附近的街貓。幾乎可以看見他去世在前兩個月，我們姊弟不在家的時間，他每天早上看了報紙，抽根菸，跟朋友聊天下棋，旁邊可能有幾隻閒晃的貓。

背包整個倒出來，暗袋掉出十一月的發票，地點遍布台北、桃園、台中、台南、高雄、墾丁、台東——就像要把前半生沒玩到的份補回來一樣。

其中一張，竟然是星巴克咖啡，總計三千六百四十五元，這是一筆不小的花費。大美式咖啡、榛果風味瑪奇朵、草莓繽紛星冰樂、卡布奇諾、那提（我每次都講拿鐵，原來講錯店員也不會糾正）、摩卡、公平貿易莊園豆、抹茶拿鐵、熱可可、伯爵茶、鮮奶茶、葡萄莓果綜合果汁、巧克力牛奶——他們真的知道自己點了什麼東西嗎？

唯一的共同點是全糖。大家的糖尿病真的沒問題嗎？他們到底是脫離日常監控以後解放了，還是貪小便宜覺得減糖就虧了？

不管怎麼說，星巴克實在太讓人意外，他一向不喝咖啡，說那是西方人才喝的鬼東西，不然就是水溝水。可是，他不但喝了咖啡，還是星巴克船屋旗艦店。雖然那麼多筆資料，無法辨別他喝的是哪一種，但總覺得他更近了一點。早知道他喜歡喝咖啡，就應該帶他去喝現烘的豆子。但他的心臟負荷得了嗎？他會喜歡酸的、苦的還是果香花香？他會不會嫌咖啡太貴？

該不會像那個古老的笑話：全世界的媽媽都喜歡吃魚頭，其實她們是節儉成性，丈夫和孩子不要的，都進了她們的肚子，所以肚子都胖胖的。我現在不會吃魚頭，將來也不會。根據行政院主計處統計，我這個年齡層的人有四成的機會終身未婚。我雖然只離過一次婚，但這句話應該不算說得太滿。

父親該不會是捨不得喝這麼貴的飲料吧？

便利商店的發票都是小額消費，他們沿路買了衛生紙、泡麵、包子、饅頭、巧克力、米酒、藥酒、痠痛貼布。

我把發票攤平收進錢包，打開手機，訊息還停在我那句，「你到底是誰？」就算被詐騙也好，是樹洞也好，我決定再發一條訊息過去。

你過得還好嗎 17'46"

沒有回覆，這是當然的事，畢竟醫生開了死亡證明，開了十份，才夠應付榮民遺眷申請的一堆文件。殯儀館、戶政事務所、榮民服務處、往來銀行，每一次抽取號碼牌、填寫表格，就是再一次確認死亡的事實。我們能做的只有這些，在醫院、在殯儀館，都有專業的人處理，我們只是等待簽署各式文件。關於他們的故事，我什麼都不知道。警察通知家屬認屍的時候，我們什麼都沒帶，只帶了家裡鑰匙和錢包，坐上警車，開了好長一段路，看了很久的海，最後只記得在另外一家醫院的太平間看見屍體。但這些人最開始一定不是在醫院，他們去了什麼地方？

從圖書館調閱出來的報紙像沒翻過一樣，社會新聞版寫到，國軍英雄館服務人員表示，這群老人看起來都很健康正向，沒有任何奇怪之處，發生事故應該是單純的意外。但就是覺得哪裡不對勁，如果真的有犯人，那他應該會重回現場，留下蛛絲馬跡。我訂了火車票，就趁這個機會，用自己的眼睛去看。

＊

清晨三點，我去便利商店取票，弟弟以前就在這裡打工，只是轉正職之後，就要在整個區域接受調派，每家分店都做不到一年，所以儘管離我家很近，我不認識他們也是應該的。如果換作父親，應該會坐在靠出口的位置，這樣可以走最少的路，但那個位置已經坐了一個伯伯聽收音機。

店內沒有其他客人，店員忙裡忙外，點貨上架。

我瞥了一下自己桌上的手機，沒有任何通知，接著光源隱沒，鏡面漆黑。訊息依然未讀。

我以為這時候鬼魂應該很活躍，結果路上只有去運動的老人。

「以前這裡都是田，你坐的地方種了木瓜樹——」

隔壁伯伯忽然跟我說話，自顧自繼續下去，他手上的收音機放送賣藥廣告，一帖三千，藥到病除，電話訂購，動作要快。

「這些都騙人的。」

伯伯吐槽電台主持人老邱，可是老邱不是各位兄弟姊妹最值得信賴的好朋友嗎？

「三個月前我去爬山，本來住的公寓拆了，找不到地方住，人老了去哪都被人嫌，只有山上不會。路上在涼亭遇到一個仙人，他叫我不要上吊，仔細想清楚有什麼事沒做，仙人就給了我喝了一杯酒，說我三個月就會毒發身亡，我就回家了。你是不是想笑？我那時候跟你一樣，想說怎麼可能有這種東西，結果你知道羅蜜歐和茱麗葉嗎？」

我點頭。伯伯講得好像跟他們很熟一樣。

「那女生也是喝這個！」

「可是後來不是醒了？」

「因為她喝比較少，藥效沒那麼強。梁山泊宋江也是給李逵喝這個酒。」

「這個酒從歐洲到中國，流傳也太廣了吧！」

我覺得伯伯只是遇到文學素養深厚的賣藥人，碩士論文說不定還是古今文學作品的憂鬱症。

「老祖先的智慧啊～」伯伯說，「現在我肚子真的好痛。」

「你要去醫院嗎？我幫你打電話。」

「這三個月我想了很多事，該看的都看了，現在只要找個安靜的地方。」

如果世界上真的有這種毒酒，保證在三個月後毒發身亡，那一定會有很多人搶著喝吧？考量到古代的交通情況，搭轎子、騎馬或乘船，三個月應該可以從首都回到家鄉。不知道李逵後來回家做了什麼，但我想他一定要先安葬宋江哥哥，才捨得走吧。

伯伯睡著了，也可能是死了，我不知道距離他喝毒酒已經過了幾天，但就像他說的，把他留在這個安靜的地方比較好。

*

熟悉的城市開始向後退，距離太平洋出現還有一段時間，乘客打開便當，吃完就呼呼大睡，年輕人大聲笑鬧，隧道不時遮斷手機的訊號，不到半個小時，車廂中的人幾乎全睡著了，而我還在等待，讓速度代替思考。

前往他們的終點站。

入冬之後，太平洋的風浪漸大，旅館步入淡季。

國軍英雄館在鬧區偏南的的支線道路，地面鋪了石板，附近是二輪戲院、早餐店、網咖、牛肉湯，下午的時候幾乎都關門了，最近一家藝品店大概要走路十分鐘。這天沒有任何旅客，除了我之外，只有幾個零星放假的阿兵哥。

和以前簡樸的印象不同，旅館散發出木頭的香味，大通鋪不但有木地板，還嵌入長方形的榻榻米，每年梅雨季節前全面翻新，讓跋涉而來的客人有乾爽的空間。窗框據說是撿拾舊屋和船板廢料，所以顏色不一，窗外做了露天浴池，淋浴間裡面只有蓮蓬頭、木凳和木盆，只是多了老年人專用的洗澡椅，白色塑膠和周圍有些格格不入，但這樣應該很接近他們的軍中生活吧。

我試著想像，這裡曾經住了四十四個人，他們晚上在這裡應該不會打電動，但打牌和下棋總有吧？如今，其中全數宣判死亡和失蹤。

這個房間裡面，有沒有他們留下來的線索？

午夜，外面忽然放起鞭炮，但四周一片安靜，沒有鑼鼓喧囂，對面日光燈閃爍幾下，巷子裡的壽司店開門了，剛才是鐵門的聲音。

兩對情侶和觀光打扮的家庭已經等在門外。

——我爸他們可能吃過這家店！

＊

「我印象很深，那天有兩個旅行團。」先生過世後，一肩扛下這家店的老闆娘說。一群是榮民，一群是不老騎士。

不老騎士是一群八十歲以上的重機騎士，因緣際會展開機車環島的旅行，他們的傳奇被拍成廣告、拍成電影，人們把這群懷抱夢想的老人稱之為「不老騎士」。

如今「不老騎士」每年都在繼續，而且陣容越加壯大。

書籍推薦、媒體宣傳，到處都能看見他們的分享和見證，永遠都帶著笑容，談論如何保持健康、成功老化，就算面對困難也不能低頭，為生命奮戰到最後一刻。可是就在半路上，有一個伯伯想退出，他腳痛腰痛，沒辦法騎機車，帶頭的領隊安慰伯伯說，再撐一下就好，明天的路段最美，現在放棄太可惜。

「我們從那邊過來，風景還好，放棄也行啦。」

我噗哧一笑，這群榮民最喜歡潑冷水了，人家領隊只是想鼓勵隊員，不是說風景真的多美，你們幹嘛來攪局。

「機車和車子不一樣，看到的風景當然不一樣！」領隊反應也很快。

「只要眼睛沒瞎，看到的都一樣。」

「你沒試過你怎麼知道？」

「我不用試就知道，大太陽底下騎車根本自找罪受。」

「你不懂，真正的風景是油門和煞車都掌握在自己手上。」

「命運的事哪有人說得準，人最後還是跑不掉死這件事。」

「死不重要，重要的是那之前我們真的活過。」

「我早就活夠了，你敢說自己不是在等死嗎？」

最後，兩邊人馬爆發口角。一邊穿著鮮豔排汗衣、皮夾克，手邊是機能飲料和保健食品，另一邊是白汗衫、鬆脫內褲，菜籃車和山東大饅頭。

——老闆娘那時候一定很困擾吧？大家年紀都這麼大了，還這麼火爆。

「不會，小鎮的晚上很安靜，大家這樣吵一吵也好。」她說。

後來我才知道，很多壽司店都在午夜開門，因為討海人半夜要出海，這個時間要在岸上先吃飽，漁船進港也在早上，所以壽司店在便利商店還沒發明的時候，就開整夜的了。現在捕魚的大多是外勞，所以很少有人趕著吃完要去做事，多半是附近的大學生、晚睡的住戶和觀光客捧場，雖然也想過換時間，聽說對身體較好，但這麼多年也習慣了，晚上反而睡不著了。

退房的時候，我把鑰匙交還櫃檯，櫃檯大姊問我睡得還好嗎，我說很好，難道這房間有什麼問題嗎？我順道問她，是否記得那車榮民遊覽團，她說那時是旺季人來人往，記得的事全部都告訴警察和媒體了，如果要說有什麼被記者省略的，大概是遊覽車翻覆雖然讓人很惋惜，但那天也是不老騎士宣布環島成功的大日子，他們每年都會從國軍英雄館出發，進行最後一段旅程到達終點三仙台，迎接台灣的第一道曙光。

只是新聞被災難蓋過，那天下午的慶功記者會變成精神喊話，所有媒體、社福機構、老人團體蜂擁而來，包圍車隊，詢問他們對於長者旅行及意外的風險。明明前一天才吵架，但死者為大，領隊手上拿著一本書，裡面有行前健康及車況檢查、自我檢測、常用及備用藥物等等，最後的結尾則是：

「代替夥伴，在人生的路上繼續奔馳！」

——但我怎麼覺得，這些榮民本身沒有要奔馳的意思。只是不老騎士站在這個浪頭浪尖，不好口出惡語，只能說些冠冕堂皇的話。果然下面有網民響應，立刻報名明年的梯次。現在事件過了兩年，他們大概又踏上熱血的旅程吧。

*

我平常不會去連鎖咖啡店，就算是到了陌生的地方，我也不會走進去。但我現在站在長長的排隊人龍後面，只因為父親的包裡有這家分店的發票，至於其他人多半是因為買二送一的活動。

「小姐你一個人嗎？」

前面的人突然問我，我立刻提高警覺，就算沒有朋友，我也立刻回答：「我朋友在停車。」

他們繼續往後面問，好不容易找到一個落單的，就問他要咖啡嗎，他說已經答應朋友，要外帶四杯。不知道為什麼，聽到這樣的回答覺得格外孤單，比我一個人來買還慘。問到第三個獨行俠的時候，獨行俠說他現在才知道有買一送一，請我前面的人等一下，開始打電話給別人，都被拒絕之後，他決定跟我前面的一起，給半價就好。花了這麼多力氣，我不知道該說是台灣特有的人情味，還是單純的貪小便宜了。

幸好他們為多餘的咖啡找到歸宿，不然我覺得自己好像浪費了一份好意，但我也不想欠人家人情，更何況，我本來就不是為了咖啡。排隊的時候在想，父親真的看得到黑板上那些小字嗎？他懂得英文的L跟M代表什麼？那張發票裡面最受歡迎的是「那提」，但我真的說不出那提兩個字，就拿鐵中杯吧。

店裡客滿，我站了很久，才找到廁所旁邊的位置。不知道父親是不是也在特價時段來的，結果最後只能坐在廁所旁邊？根據他們愛貪小便宜的習慣，一定是這樣。

好位子出現了，我飛身側閃本來的客人，成功占住那個位子。同時，另一群老太太從原本的位置上站起來，端著盤子列隊走來，看見位置沒了之後，想要掉頭回去，但新來的客人坐了下去。

就像玩大風吹。

人真的不可以老啊，老了的話，只能站著喝咖啡。我現在就算讓座，憑她們的速度，絕對來不及過來。

落地窗的陽光、研磨咖啡的香氣、蒸氣的聲音，經過幾次的大風吹，她們終於坐到落地窗旁邊。這裡不能訂位，店員也不認識你，整個世界縮小到咖啡或茶，加不加牛奶，熱的冷的，這之間還能有很多變化，但也就這麼大而已。也許有些臉孔比較熟悉，但永遠不會知道對方的名字。每個人都有很多事情要做，所以點餐要快，不能讓別人等待。快速、精準成為一種禮貌。後來我學到一件事，新到一個地方要問路的時候，絕對不能問附近的店員，他們連自己在哪條路上都不知道，最可靠的是賣檳榔的攤子。

我們不知道自己在哪裡，不知道別人是誰。

忽然聽見一對情侶說，我們來拍照打卡，兩個高中生俐落地用手機打側光，兩個杯子襯著玻璃窗後的街景，那樣的褐灰色是現實的顏色，但放在臉書上就顯得不夠飽滿，他們用了後製程式濾鏡，看起來像在別的地方拍的。

我用他們的方式拍了一張，只是換了別的濾鏡，瞬間像在豔陽高照的地方。

手機忽然一震，一隻黑狗點亮了螢幕，是梅春生！

我當然好啦，看你去了海邊，不要想不開喔，現在海水很冷(╯⊙ㄚ⊙╰) 14’21”

講得好像很有經驗，但你當初就是掉進海裡才死的—— 14’21”

我只是想來看看。14’22”

現在是下午兩點多，跟之前傳來的時間一樣。他說，現在的日子吃飽睡好，本來的重聽和失眠也沒了，現在講話大家也聽得懂，不管是日語、客家話、閩南語，這邊都可以翻譯。這麼說來，我好像見過父親生前跟外籍看護用平板電腦對話，網路翻譯真是世界大同，可是這樣一講，極樂世界好像一間網咖。

可是你這個時間點跑出來玩，老闆不會說話嗎？14’23”

啊？可是我本來就沒有老闆。14’24”

你不用上班嗎？14’24”

我以前就說過我在接案啦。14'25"

接案？我以為那是失業比較好聽的說法。14'26"

我要氣死了！不應該覺得我爸會上網，就應該會搜尋一下我的名字，知道他女兒到底是誰，看來我爸不管是活著還是死了，都一樣不了解我做的事，算了不講了。

「請問，你是梅寶心小姐嗎？」

我直覺拿開椅子上的包包，以為眼前的男生想併桌，反正我也很快就要走了，直到他坐下來的時候，我才發現，他說的是我的名字。

「請問你是哪位？」我說。

「你的守護天使。」他胸前的手機發出聲音。

——這個人是從二次元來的嗎？

「別聽它亂說，我叫江子午。」

眉眼清秀的男生，但我想叫他別蓄鬍和留長頭髮，因為那是長得不好的老男人掩飾自己的手段，等他知道了，恐怕就太晚了。

「太好了，這個是給你的。」他說這只是一點心意，是我爸留下來的保險金，自稱江子午的人，傳給我一包紙袋，我說我們素不相識，怎麼可以亂拿別人東西。

他打開紙袋，裡面是一捆一捆的現金。

我堅決不收，就算缺錢，也不能收下這種來歷不明的錢啊。

「我就說直接給錢行不通啊！」手機又說話了。

比起奇怪的錢，我覺得這手機更奇怪，人工智慧已經到這個地步了嗎？

你就收下來，子午是我的網友，你可以放心。 14'33"

我爸好死不死在這個時候傳來訊息，該不會害我捲入什麼洗錢案？幸好這裡是公眾場合，如果被綁架，至少會有人幫我報警吧。不，我還是把視訊報警的手機程式打開，至少先定位我的位置。

「我跑了好多地方才找到你，就拜託你收下，如果十萬不夠，傳個訊息跟我們說就行了。」

「你說我們？」

「就是你爸，他真的很擔心你。」

「不不，這種錢我絕對不能收。」

「為什麼呢？難道你不缺錢嗎？」

我當然想說我缺錢啊，這世上有誰嫌錢多的？但一切實在太奇怪了，先是我爸有臉書帳號，再來是自稱網友的年輕人，忽然都在這段時間出現了。

那台手機也發出聲音：「死亡是一個漫長的過程，很多人沒辦法立刻看清現實，這種時候，家屬最需要的不見得是經濟援助，而是情感上的陪伴。」

那種從維基百科找出來的答案，不要真的唸出來啊！

那這樣好了，你接下來的花費都從他那邊支出。 14'35"

我爸活著的時候不做，死了以後才想到插手我的人生。

「一個沒工作的女人，離了婚又沒小孩，對這世界八成是生無可戀。」手機又說。

「你是想說我邊緣到不能再邊緣了是吧？」我說。

「我我我我我不是這個意思，」這男生一定很少跟人吵架，光是否認只是讓人覺得他在強調，還從背包倒出一堆瓶瓶罐罐，「不過我有很多抗憂鬱藥！」

「絕對屬於高風險群，我們不可以丟下她不管。」手機補充這句，真是夠了。

「你怎麼知道我這些事？」

「看臉書就知道啦。」手機說。

它說得對，我動態幾乎都設定公開，年紀和感情都不覺得是祕密，如果可以我也想幫助類似背景的同伴，算是一種出櫃的心態。

「從現在開始，我會一直在你身邊，如果有需要的話就叫我，千萬別客氣喔。」男子笑了一下，又拿出一本書，顯然要長期作戰。

「沒辦法馬上接受也沒關係，我們多得是時間。」手機又插話。

我不能接受的是你們啊！

我回覆訊息，但我爸離線了，對面的人也不理我，看來是打定主意不走了。這種人，就是所謂的車手吧。我始終開著報案程式，車手也專注地一頁一頁翻書，就連我起來上廁所，他都要跟到門口。我看我沒辦法從氣窗逃脫，到外面洗了手，他拿出手帕給我，但我懷疑那有乙醚或麻醉劑，還是用了擦手紙。倒是後面出來的女高中生對他說，「哇你好浪漫啊，加油。」後面的歐巴桑輪到她去廁所了也不去，偏要幸災樂禍、用過來人的口吻勸我，「年輕人有事好好談，吵架也沒關係，就是不要冷戰，人生苦短，如果下一秒他發生什麼事，你會後悔一輩子。」天地明鑑，我跟這個人素不相識！你要尿尿就給我趕快去尿！什麼都不知道，就喜歡亂給意見，好事也是老人的後遺症。我看我還是趕快回到台北，過著冷漠的都市生活好了。我也發現十萬真的很多，沒辦法在咖啡店一下子花掉，儲值最多也只能九九九九。

出了咖啡店，從碼頭往繁華街區，沿著上坡走，這人大概就像賣愛心筆的年輕人一樣，自討沒趣就會找下個目標，但他一直跟在我後面兩公尺。經過警局的時候，我心想得救了，但他繼續跟，看來後台真的很硬，很多小偷其實就住在警局對面，觀察方便嘛。而且我現在人好好的沒怎樣，如果去報案，還是很有可能被當作感情糾紛。

冬天風很大，這種淡季，很多藝品店和飲料店都沒開，伴手禮倒是全年無休，附近有一台又一台的遊覽車，不過我沒有同事，或說固定見面的同事，就省了伴手禮，但要不要買給朋友呢？我這趟出來，好像也寫在臉書上，不買大概說不過去吧？那就回去再買吧，結果我摸過的包裝，那傢伙全部都結帳了。雖說我現在花別人的錢不會愧疚，但這人的動機我還是搞不懂。

「你到底要跟到什麼時候？」我問他。

「你收下錢，或者是把這筆錢花完。」

沒辦法，只好繼續走，經過夾娃娃機、印章店，經過關閉的深夜壽司店，還有破舊的二輪電影院，不對，那是新片電影城！只是晚了台北兩三個月。這條路已經到底了，後方人煙荒涼，對我不利，那抄回隔壁老街。鬧哄哄的人潮讓人覺得很親切，順著這些人的動線，我從龍門進，虎門出，正殿二樓包括文昌帝君都拜了一次。兩個小時過去了，他還沒放棄。

「要喝飲料嗎？」他問，說這家檸檬汁是當地特產。

「我有帶水。」我才不會接過陌生人遞過來的飲料，「我說啊，我身上沒有現金，你要的話這兩千塊拿去吧，你今天也不算做白工，就跟你們組織這麼交代。我實在不想我醒來以後，少了一顆腎。江先生，你就放過我吧。還有，既然你對這地方這麼熟，肯定不是第一次來吧？」

「我去年暑假來過。」

「然後就一直住在這裡？」

「我又去了別的地方旅行。」

「然後這麼快就重遊舊地？」

「不是，是因為你還年輕，我們要確保你活下來。」

我笑了，我已經三十一歲，這人睜眼說瞎話，一定是詐騙，找個年輕男子坑殺離婚婦女，這種故事我聽多了。但我也想知道，他們是怎麼得到我爸的資料。

「那你現在幾歲？」我說。

「二十。」

出乎我意料，我比這個人大十一歲，但也不該那麼驚訝，只是在高齡化社會中，遇到四十歲以上的人機率比較大。

冬天的雨落在遊客的頭髮和外套，過了中午以後，頭頂的烏雲始終盤旋不去，如今真的降雨，年輕人還留在外面爭取拍照時間，攜家帶眷的躲進室內避雨。這雨，一時半刻是不會停了。

＊

「請問要什麼麵包？」店員跟顧客一來一往對答，隊伍拖得長長的，漫長的等待中，大家通常是靠手機打發時間。江子午的手機速度奇慢，看他開個臉書，要等上五分鐘，要是我就不想用了。但他翻開書本，好像我小時候等電腦載入，在那邊寫一兩行功課。他果然是擅長等待的類型。

等我點完了，後方的他說：「我要一號餐六吋巴馬乾酪麵包加生菜酸黃瓜大黃瓜青椒和洋蔥火腿不辣不要橄欖幫我加黃芥末美乃滋。餅乾選白巧克力謝謝。」更令人驚奇的是，店員不問第二次，就清楚記得他要的東西。

回到座位，我一邊滑手機回信，他繼續看書，聽到後面有老人問：「那個蜂蜜麵包糖尿病可以吃嗎？」他立刻放下手邊東西，跟老人解釋各種麵包和配料，比店員還有條理和詳細，就像應付過無數次一樣。我看他對不認識的陌生老人都能做到這個程度，那對網友的女兒好，可能也不是奇怪的事？

「你在這裡打工？」我問。

「沒有，我只是想幫忙。」他說。

「我都叫他錄個影片，就不用每次重頭講一遍。」手機又回。

「但每個人想要的不一樣啊。」他回覆手機，感覺就算是沒有我，他也不會無聊的樣子。

「你這手機蠻酷的。」

「沒什麼，人家給我的時候就裝了。」

「我叫永恆星嵐，別把我當什麼阿貓阿狗那樣介紹。」手機自己答了。

「現在 Siri 可以自己命名了嗎？」我果然是老人了，連這都不知道。

「這是自己研發的程式。」大學生說。

「你念資工系？」

「外文系。」

「但你一個外文系的，怎麼會設計程式？」

「學校強迫要學啊。」

「這樣嗎？」

「就是這樣！」他堅定回答，我也想起大學要把程式設計推廣到通識，引起了一波討論。但我還是覺得很奇怪，我的手機跟他的一樣，還是最新機型，怎麼可能有他能用、我不能用的程式？

「你不吃嗎？」他指著我桌上剩下的三明治，我點頭。「那我可以吃嗎？」搞不懂他是肚子餓了，還是不喜歡浪費食物，我把剩下的食物給他，打開手機，發現我爸傳了訊息，一樣在勸我收錢。

有收到錢嗎(^ρ^)/ 16'31"

我說你就沒別的話想跟我說嗎？但這的確很像父親會說的話。那一輩的父親多半不知道該對小孩說什麼，所以見面總是那幾句話，「不要看電視」，「功課做完了沒有」，長大一點就問「以後要找什麼工作」，「有沒有男女朋友」，「公司薪水多少」，「什麼時候要結婚」。

我說我現在不缺錢，以前就講過了，要講幾次你才懂啊。既然我講過了，你還一定要問，那不是找我吵架是什麼？他讀了，但沒有回應。可能是理虧，或者是放棄。接著，他寄來診斷書和掛號收據。

我得了老人癡呆。╮(╯_╰)╭ 16'35"

不可能！這只是藉口。他說不信的話，就連上榮總網站，我當然沒那麼笨，用他提供的入口網站，而是去到我以前幫我爸登入的官方網站，輸入父親的身分證字號，的確看見他掛了很多次精神科，愛憶欣、憶思能、利憶靈、憶必佳、威智——都是失智症用藥。這麼明顯的事情我竟然沒注意到，可是父親天天往醫院跑，藥袋一包又一包，我怎麼可能在那麼多藥裡面，發現他真正的病？

可以幫我保密，不要告訴弟弟和媽媽嗎？我已經八十多歲了，人世間該看的都看過了。你知道老人癡呆症最後會癱瘓失禁嗎？我不知道，或說不知道有這麼嚴重。因為連續劇只說會走失而已，走失還好，但是癱瘓就要請外勞，那好花錢，最孝順的小孩像小蔡，照顧了他爸十年，比抗戰八年還久啊。(╥︿╥) 幸好老人還有很多別的病，如果要洗腎或中風，小孩可以早點解脫。現在老人癡呆好像不叫老人癡呆了，因為現在比我年輕、比我健康、比我聰明都會癡呆，吃銀杏也沒救。最會下棋的老姜病了之後，我們都在想下一個就是我了。寫字好看、以前幫我們寫信回大陸老家的老孫，病了當然寫不了信，他小孩就買了一堆帖子，讓他在那邊像個小學生一樣描紅，慢慢那字也像人一樣缺了條腿、胳膊，筆畫不全，問他什麼意思也不知道，雖然在寫字，卻是不識字了。你會慢慢失去生活能力，需要別人餵飯穿衣擦屁股，忘了自己是誰，現在幾歲，連站起來走路都會害怕，怕跌倒。所有你本來有的東西，忽然就不見了，漸漸變得像另外一個人，另外一個不受人尊敬和喜歡的人，一個討厭的多餘的老人。我不要造成你們小孩子的負擔。(ˊ_ˋ)剛剛

每四秒就有一個人失智，而且每個人症狀不一樣，有人忘記自己吃過飯，連吃三個便當。如果東西不見，一定是媳婦偷的。兄弟反目，因為老人說哥哥嫂嫂霸占房產，不

給老人吃飯。警察破門衝進家裡，因為老人在陽台大吼大叫，說兒子謀財害命。老人囡仔性，其實就是失智。失智變成聖杯，醫生束手無策，病人變化無窮，年輕人也常常滑著手機，忘了剛才要做什麼，每個人都可以失智，或者說，這種時候，失智就對了。

沒人能確切指出，病是什麼時候開始，也沒人知道什麼時候結束。就像我們不能選擇自己什麼時候出生——但我們其實可以選擇什麼時候結束。不久以前，墮胎還是非法行為，只有生命有危險的孕婦才能墮胎，雖然不是沒聽過圓滿的故事，但如果可以，我相信有些人寧願當初沒出生——可以結束，就在來得及之前喊停，如果還沒開始，就可以刮除子宮內壁。但回到源頭，可以避孕，那也不用墮胎。

你林伯伯改變了我們，他不能下棋的時候，開始學打毛線，要打件天藍色上面有白雲的小毛衣給他的小女兒，雖然他女兒已經三十多歲，但毛衣可以送給外孫女。他那時候已經看不懂電視了，沒辦法預測下一個畫面讓他很害怕，雖然打毛線的時候他常常漏針，但一個扭轉就能打出一個結，絕對不會錯。即使最後連毛線都打不了，他也會對探望的人說謝謝，連照顧他的外勞都說他很乖，從來不掙扎，把自己當作禮物一樣交到別人手上。我不知道輪到我的時候，能不能像他一樣好，但是我還有時間，可以培養自己做個更好的人。我去簽了放棄插管治療聲明書，每天都很快樂，到現在也是。不然變成植物人，更不知道要活到何時。」(ˋ~ˊ〃)┐

可以做的決定，不如早點做。

所以我不是自殺，只是不小心死掉而已。(つ´ω`c) 16'45"

有這個選擇，不代表一定要去做。但沒這個選擇，大家只能自己創造。父親用他的方式，把我們的生命推出他的軌道之外。

對面的男生還在看書，邊吃邊看書，菜屑掉到書裡再撿起來吃，似乎不知道這邊的訊息，但我忽然覺得他在也好，多一個人跟我承擔這個祕密。或許就像他出現時說的那樣，他是我的守護天使，希臘悲劇總要有個報信人。

窗外雨勢漸大。

「——你說你去年暑假來過？」我問。

「那時候在環島，認識了很重要的朋友。」

「那他們現在在哪？」

「在雲端。」

他朋友叫老陳，鬼門關的那天死了。但是骨灰罈太重也太招搖，所以他就帶著那台手機，在暑假的最後，用老陳的帳號拍照、打卡，到了一個名字叫不出來的小鎮，似乎在海南島附近，還有高高的椰子樹，看起來比台灣還熱。

家是什麼，家在哪裡？我爸這一代人，大概都想回老家吧。

這男孩先是去了雲南大後方、印度高山、上海，那是老陳去過的許多地方。供老陳唸中學的是兩個美國女人，是他的媽媽和阿姨，從她們的信件看到，她們的感情絕不是情同姊妹可以形容的。

現代的我們終於可以理解，那是兩個女同志的愛，只是不被那個時代的美國接受，所以兩個人跑到上海的教會學校教書，在神的保護之下，度過兩人的日子。但年紀終究到了，一個回去結婚生子，另一個領養了老陳。老陳也早就知道，她們是他的兩個媽媽，大媽和小媽。

素昧平生的大學生江子午，替老陳飛到太平洋的另一端，感覺住著囚禁少女的美國農莊，江子午拍下白色門廊，大家在綠油油草地用餐的照片。這些人是他毫無血緣的陌生人，但他照樣被熱情接待，他才意識到原來除了血緣之外，也能跟世界上這麼遠的人有關連。

江子午用老陳的帳號打卡、吃飯，就像一般的父子一樣，回到台灣以後，連家人都快要不認識他。

「也不能怪我媽，誰叫我一頭長髮，鬍子亂七八糟，還騎著壞掉的腳踏車。」他說。

「老陳一定很高興有你這個朋友。」我說。

「他從來沒這麼說過，但我相信你的話。」他說。
「所以你真的是我爸的網友？」
「我一開始就這樣說啦！」
「我以為你只是普通的詐騙集團——」
「我們不是詐騙集團。」「我們是ＮＧＯ。」
我眼前的男子和手機異口同聲。

＊

「ＮＧＯ的說法太浮誇了。」「我覺得我們就是在做這樣的事！」「等下看到莉莉你自己切腹請罪。」「要切腹的是你，你到現在錢也沒拿給人家，也沒把人照顧好。」「如果你不出來扯我後腿，我一定可以順利把錢交到她手上。」「輪不到你這個小鬼教訓我。」「大學生了不起喔？」

回程的火車上，聽著江子午跟手機鬥嘴，我都要懷疑他是否精神分裂，三個小時半的車程我都不敢睡，看著他們（兩個？）坐在前面，給了我一個網咖地址，說父親生前常在那邊走動，反正我視訊報案的程式開著，手機也連接行動電源，一時半刻還算是安全。

輸入地址，確定路線。從火車轉乘捷運，走出捷運站，懷疑一切到底是夢還是遊戲。地址在台北桃源街，周圍除了公家機關和百貨公司、西服店，只有一家網咖：「跨界通訊」。

樓梯走廊貼著各式海報，深色玻璃上，寫著一首詩：〈面朝大海，春暖花開〉。

從明天起，做一個幸福的人
餵馬，劈柴，周遊世界
從明天起，關心糧食和蔬菜
我有一所房子，面朝大海，春暖花開

從明天起，和每一個親人通信
告訴他們我的幸福
那幸福的閃電告訴我的
我將告訴每一個人

給每一條河每一座山取一個溫暖的名字
陌生人，我也為你祝福
願你有一個燦爛的前程
願你有情人終成眷屬
願你在塵世裡獲得幸福
而我只願面朝大海，春暖花開

海子的詩，美是美的，但是不對勁。在那個明天裡面，有清楚定義的幸福，餵馬、劈柴、周遊世界，好像我很快就要去到那個世界，只是需要準備，再打包一天，就可以出發。但知道海子寫完了這首詩，就算不是馬上，大概也是不久，就走到鐵軌上，畫面完全不協調。詩中的我到底為什麼要面朝大海？海上怎麼可能春暖花開？反過來說，就是今天沒指望了，不可能餵馬、劈柴，和親人通信，所以才寄望明天吧。這首詩，提供了另一種答案。面朝大海的人，將為他背後的世界，留下春暖花開的景色。這太體貼了，體貼得讓人無法不看見長長的鐵軌，不聽見遠方的火車，不花掉最後一點點的力氣。

大學生爬樓梯走在我前面，招牌寫著每小時十元，很普通的網咖，聚集了很多打發時間的人，不分老少，大家身旁都是背包、塑膠袋、菜籃車或行李箱。有年輕人吃著泡麵，有一搭沒一搭，抓著滑鼠廝殺於網路遊戲，也有老人喝即溶咖啡，用一根手指頭，努力在網頁寫下自傳。

我爸也在這裡隱姓埋名過生活嗎？反正他用「周春生」這名字過了大半輩子，再來一次大概得心應手了。不過這裡面的人都用網名登入，看不出所以然。如果他整形了，我有辦法認出來嗎？晚上十點以後，十八歲以下不得出入這類場所，那我等警察臨檢好了。不對，這年頭只要有錢，身分證也買得到，我問過了，低階的手工仿造沒頭像，死豬價一千五，不然就加工自己的身分證，換個數字和照片，去應徵工作也夠了，高階的是真實存在的身分，通常是沒有前科的遊民釋出，驗證碼都能過。這裡大概也有人賣了身分證，變成人頭帳戶或是董事長之類的。不對，剛剛只注意男的，沒考慮到我爸會變裝，事實上年紀大了，連男女都很難分辨，我爸那麼瘦，變成乾扁老太婆也是很有可能的事。

大學生直直走到櫃檯，後面坐著可愛的長髮少女，束著完美無暇的馬尾，玩著自己的手機遊戲，圓圈、星星、線條在螢幕隨著節奏出現——不會吧，如果我爸變成這樣，那一定是轉世投胎了。不，這只是他們的同夥，也對，詐騙車手總不能找些很精明的傢伙，這種呆萌少女才會讓人放鬆戒心。大學生按開他的手機，明明人就在他面前，他卻要送出訊息：

對不起，錢還在我這裡，而且我把人帶來了。

少女並未立刻點開訊息，我們靜靜聽著她耳機傳出來的音樂，等一局遊戲打完了，她才發現訊息。摘下耳機，抬頭看著我，還有我旁邊的大學生。

「十萬不夠嗎？」她說，鎮定得不像她的年紀。

「我就說不該碰面，匯款過去就好了。」手機說。

「但也有見面才能解決的事情。」少女站起來，「我是梅叔的帳號代理人。」

「我爸還活著嗎？」不管了，我決定問她。

「既然你會這麼問，就表示我們成功了。」故事要從十年前開始說起，她看了看背後的時鐘，「不過現在時間很晚了，你再不回家，最後一班捷運就要走了，所以我先問比較好，你滿十八歲了沒有？」

我看起來像是未滿十八嗎？現在少女的嘴巴都這麼甜嗎？難怪我爸會加入什麼計畫，那我也願意成為網咖的終身會員。

「那就不用背身分證字號。」

她按開手機，用我爸的帳號邀請我進入網路社團，名為「跨界通訊」：

> 根據國軍退輔會調查，現存一九四九年前後撤退來台的老兵已婚有子女並居住在台灣者共四十七名。故聊天室原名為榮民四七，歷經更迭至此。這群人目前還活著，除了比蔣委員長和將軍活得久之外，沒什麼重要性，沒人在乎他們死活或經歷的事，就連老兵自己也不清楚是否參與過歷史，官卑職微。這群人只擔心自己活太久，給小孩造成負擔，吃掉子孫的福氣。四十七這個數字未來勢必減少，趁我們有能力的時候就去死吧。=「(」卍^o^)卍

社團裡有一份手冊，貫徹去死的意志，燒炭、跳樓、吃錯藥這些方式都太明顯，最不著痕跡又能騙過醫生的就是癡呆，失蹤一次、兩次，第三次就可以上山了。如果一個人無法上路，就參加環島公路之旅——也就是去年冬天我爸參加的套裝行程，包山包海，包吃包玩，跟老鄉迎接人生最後一場戰役。

在醫院、在公園、在家中，這些老人遠遠地看起來在下棋，其實都在交代後事，難怪掛著點滴也不願意錯過每月一度的網咖聚會。他們要在神智清明的狀態下，以正當、及時的手段，且幾乎是光榮的態度迎接最後的生命，他們不怕死，但除了死以外的任何

事物，就算奇蹟般的沒病沒痛，時代和網路也會把他們遠遠地丟在後面。所以該說的愛，該道的歉，要在兩年內完成，兩年之後，才能安心上路。

「為什麼是兩年？」我問。

「我們約定了，要代替死者照顧活下來的家人。雖然最後準備了九年。」她說。

「除了實際的保險金，還有心理建設、將來的形象要顧。」永恆星嵐說。

「人死了就死了，還要管這麼多？」我問。

「就是死了才麻煩啊。如果早知道死了這麼麻煩，我一定會寫個更詳盡的遺書——」永恆星嵐說。

「你是鬼嗎？」

「鬼泛指很多種訊號，不是很精準的說法，有的移動物體、有的透過影像，有的來到夢中相見——我自己比較喜歡『訊號集合體』這種說法。」

就算換成訊號集合體，鬼就是鬼，沒辦法讓人不嚇到！

「一般來說，頭七會是情感最強烈的時段，所以常有人說親人變成蛾啦、螳螂，或家裡門忽然開了這種事。但我覺得這樣不清不楚，顯靈還要努力三四回，人家才會相信，更不用說常常造成誤會，不如用網路溝通來得有效率。」

這些老人在有生之年積極留下自己的故事，錄音也好，打字也好，就怕死後有什麼話想說沒說。萬一發生意外來不及參加計畫，他們也和網咖有了約定，如果超過三百六十五天沒上線，應該已經不在這個世界，請他們繼續更新他的動態，用他們的思維發送訊息，聯繫活著的家人。

「本來以為他們死了，我就會有夥伴，有人跟我說要往哪裡去，但誰也沒有來。」

「但是我爸不是失智了？還能好好跟你們溝通嗎？」想起那封訊息，還有醫院確診紀錄，如果死後還要繼續混亂的記憶，那不是太可憐了？

「那是我的失誤，在資料庫找到那張照片，就想找個理由。」永恆星嵐說。

「梅叔沒有生病，那個失智藥，是幫別人拿的。」莉莉說。

「別的藥就算了，這種也可以？」

「我們想辦法弄到了巴氏量表，你知道他們這些人，有福不見得同享，但有難絕對同當。有個伯伯生病了，但他又是關鍵證人，太太在工廠工作，後來癌症死了，他一定要提告，為太太討個公道，但如果腦子壞了，就不能作為證人出庭——為了拿到那些藥，大家全部都去檢測，但只有兩個人通過，你爸就義不容辭拿藥了。」

到了最後，老鄉講的還是義氣，他們說的父親跟我見到的不太一樣，但我想，我爸大概很開心，四肢完整，行動方便，最重要的是，到死都沒戒菸。這裡不禁菸，螢幕又大很適合他，平常探病結束就會順路來吹冷氣，有時甚至把吊點滴的同鄉推來。網咖的人給老人看小孩的臉書動態，那是小孩平常不敢對父母說的真實模樣，只是社團裡面似乎不只有老人，成員從一開始的四十七人，也膨脹到幾百人。

「你看過那些新聞底下的留言嗎？」莉莉說，我點點頭。

「留言的都是那些帳號，他們不是來看熱鬧，他們就是殺人預備軍，只要輕輕推一下，新聞上面的名字就是他們了。」

這些人連出門參加家屬諮商團體的時間都沒有，病人睡覺的時間也不一定，零碎的時間當然是上網，也只能參加網路社團，補助資訊當然也是網路共享更方便。他們互相按讚加朋友，剛開始他們彼此鼓勵，知道世界上不是自己有這種想法，不然等到老人殺妻，孝子失業弒母，憂鬱症女兒殺父，買一送一，無底黑洞，到那時候就來不及了。所以社團人數不減反增。如果他們連這個樹洞都沒有，藥廠和醫院又統一口徑告訴大家必須活下去，這些人一直活在犯罪的陰影底下，有的兩個作伴、或是揪團，被迫選擇殺人或是自殺。

「我們常常去墓園野餐——這個世界存在著死亡才能解決的事，如果會發生的事一定會發生，我能做的只是，讓他們不要那麼孤單。」作為社團最資深的管理員，這個少女像是活過了幾百輩子。

我們出生以後就是某人的孩子，然後我們老去，成為殺人或者自殺的預備軍——這不是顯而易見的事實嗎？除了意外事故，這樣的生命歷程沒有什麼好奇怪。到底是誰決定，人一定要離開身邊的人，在安養院耗到全身腐敗以後才能孤獨死去？如果不是親眼看到這個社團，我大概會覺得人死了，一定是誰的錯，是醫生、是社會、是我弟、是我媽，更有可能是我自己，但既然我爸這麼希望，那我就把死亡這件事當作禮物接受吧。我現在三十一歲，不算年輕也不算太老，保守估計，我有三十年的時間可以努力。

＊

這間網咖收費比外面便宜，一小時十元，一天一百元，照外面那張告示泛黃褪色的程度來看，應該有二十年沒漲價了。但如果忽然漲價，這些顧客又要去哪裡呢？這裡沒有免費便當，但上網可以讓他們忘記飢餓的感覺。現在天氣冷了，說不定會凍死在路邊，住這裡，當然也可能因為別的原因死掉，但感覺沒有那麼糟糕，缺點是離台大醫院太近，人不容易死掉。

「一個人在家，死了都沒人知道，出去租房子，人家也不要租我。」我聽過年紀大的客人這樣說。但每天賺一個人幾十塊錢，要不是房子是會員留下來的，連付房租都不夠。充其量只能付水電費，更別提換設備了。

十年前，莉莉來到這裡，打工收入就是修手機和賣手機，她從櫃檯下面抽出皮箱，全都是很舊的手機，根本是古董手機行。

「老人才不在乎手機是不是最新的，只要耐用就行了。而且我會修理。什麼都能修。除非有人的手機實在太舊，怎麼樣都修不好，就拿我不要的手機給他，他們常常堅持要用原價買下，我換手機的速度越來越快，因為他們都想用我用過的——我不知道他們這什麼心態，新的不是更好？他們說，有人用過才不會偷工減料，有時候還為誰先接收我的手機而吵架，就算我都用最新手機也追不上他們手機壞掉的速度，為了解決問題，我開始買二手手機，賺取差價。」

「要給我的十萬塊，該不會是這樣賺來的吧？」我說。

「當然囉，我動手術的錢也是。」莉莉說，她十八歲以前是男性，雖然很遺憾，但也只能這樣，她笑著說也沒那麼糟，「至少我從十八歲到八十歲，一直都是女生啊。」

「為什麼想變成女生呢？」我以前想過，如果我是兒子就好了，在這個重男輕女又厭女的社會，做女生根本沒有好處。

「你不知道嗎？現在動畫新番一定有偽娘角，而且達賴喇嘛說過，如果來生轉世，我要做個金髮淘氣的女孩，連他都這麼說了～」

呃，我想達賴的意思應該不是那樣，但是要解釋起來又太麻煩了。可以這樣生活在誤讀和二次元的世界，莉莉這樣應該是幸福的吧。

莉莉敲打著音樂遊戲，另一邊是用一根手指打自傳的老先生，努力寫下自己的故事，也有人上傳吃吃喝喝、各地遊覽的合照，等他們死了，只要交出手機或是雲端資料庫，網咖就能代理帳號，不必盜圖或捏造一些不合理的事。

「你應該拍過個人寫真，去日本也會參加和服體驗吧？大家不是都想留下最美的時刻？架設個人部落格，每個禮拜講故事，整理資料，留下這輩子的紀錄，希望未來的某一天也許會有人看到。」莉莉說。

「誰會看啊？」我問。

「兒子女兒孫子孫女，最近認識的朋友，喜歡的對象，路過的社運青年，環島的大學生，或是哪裡蹦出來的網民，我也不是很清楚到底有誰。只要網路還在，他們就還活著。只要我們持續更新，他們就不會死去。」

難怪你們可以土法煉鋼，用我爸的帳號騙過我。只是像現在這樣挖東牆補西牆，萬一出了什麼事，大家的努力就會毀於一旦。現在出生的人越來越少，登錄的帳號也常常沒再用第二次，雖然我們也是慢慢一天、兩天、一個禮拜、幾個月，逐漸放棄那個根據地，發現的時候連密碼都忘了，也忘記自己為何寫下那樣的話，循環週期越來越短，曾經稱霸網路世界的社群媒體都岌岌可危，每年的死者逐步超過新成員，隨時收掉也不意外。不管是網站、社團還是遊戲，反而是老人在使用，由他們支撐著網站營運。

「越老的東西活得越久，越年輕的事物越容易夭折。」我說。

「這樣說來，我們所以為的『我』，其實也不斷更新內容，『一個人』也只是一種資訊集合的方式。」永恆星嵐說。

「我想起來了！」莉莉從皮箱中拿出一台平板電腦，「梅叔留了一台在這裡。」

「你連資料都沒殺？這樣很危險耶！」我接過我爸留下的那台平板電腦，慶幸它沒有被賣掉。那就像心臟一樣，沉甸甸的，開機的時候，深黑的潭水滴進光的倒影。

螢幕的便利貼應用程式啟動中。

父親還有任何遺願清單嗎？這個帳號直到昨天都還在別人手上。

唯一的便利貼寫著：

我很高興，這輩子生了寶心這個女兒。ヽ(◕ ᴗ ◕)ノ

垃圾桶裡面果然也有文件，寫著：旅行、吃美食、分配遺產、跟大家說再見——果然沒有任何待辦事項。想說的話，想做的事，就算生前沒做，這些人也都替他完成了。

剩下的路，就由我帶著他的電腦，繼續走下去吧。所有品性、知識、教養都是我們一點一點學來，最後也一點一點失去，剩下赤裸的一個人，我們不記得自己出生的時候，也不會知道自己最後的模樣。網路帳號卻有可能獲得永生，只要資料庫不壞，這個

人格就能永遠存在。我想這個帳號真的很像我爸，一生不求他人，不太說自己的事，這封訊息恐怕是他的極限了。

我忽然懂了，記憶作為一門技藝，不應該是一種約定，而是一門生意。在你成為「訊號集合體」之前，就應該準備足夠的資料。我草擬了一份合約，在簽約管理帳號之前，讓捐款人確認授權條例，聲明「跨界通訊」無法代理所有意見，只能根據現有資料演算。

「這種合約也行嗎？」莉莉問。

「比靈骨塔還好賣喔，你看我們一年掃墓幾次，但一天上臉書就好幾次，投資報酬率絕對划算。」我說。

「這跟詐騙有什麼不一樣？」江子午果然是個老實人。

「詐騙的故事總是那幾套，安慰人的劇本也一樣，但我們是基於同意原則，而且合約能讓地下的約定，直接浮到檯面上。過去只有靈媒才能跟死者溝通，如今靠著科技面對第一手資料，我們可以隨時跟記憶中的死者相聚。」

「聽起來不太可靠。」

「測試期間打五折，現在上網公布。」根據普通人貪小便宜的原則，不管是什麼東西，只要打折，他們一定就會買，金額越高越好，因為買越多省越多，第一波現金流進來以後，就有機會設立ＮＧＯ了。

「什麼歐？」

「非政府組織，像是慈濟、獅子會、基金會之類的。」江子午舉例。

「懂了！撿垃圾和捐錢的！」莉莉說。

「而且合法的生意比非法的生意更划算。」我說。

那之後，更多人來網咖，買了手機，買了平板電腦，還有奇怪的生前契約。

＊

那陣子我都在讀史料，忘了年輕人也會死，而且更難讓人接受。

「我不是自己要用的，想幫我女兒買一點，因為我老了，很多功能都搞不清楚。」

有個網咖常客，大家都叫他老胡，女兒叫娜娜，他已經默默幫女兒照顧帳號了好些年，只是最近白內障，眼睛不行了，想找人代替他照顧。

娜娜和我同年，生前出版過一本言情小說，市面已經絕版。老胡給我她的帳號密碼，瀏覽她的動態，知道了她這輩子從來沒結婚，但是堅信在美國流亡的異議領袖一定會來台灣娶她，所以寫了這本言情小說。小說本身，寫得算是糟糕的，因為這個人完全不知道虛構的意義，只是把發生過的事加上自己希望的，原原本本寫下來。

或許，她是打算把人生都裝進虛構的世界吧。

像資料庫一樣，複製移轉到另外一個硬碟，黃泉之下也可以使用。

我之前做編劇的時候，大家都說作家很危險喔，雖然編劇和作家是兩回事，但總之寫字工的職業病好像就是自殺，而不是椎間盤突出。撇開編劇和作家的差異，不如先來釐清從事寫作是否會增強自殺的傾向，我倒覺得本來就有自殺傾向的人，很可能是用寫作來阻止或延緩這樣的衝動。

如果娜娜只是安靜寫小說，沉浸在單純的幻想世界，可能不會有事。偏偏遇到另一個更會說故事的男人。他說他是北京流亡作家保羅，因為發表文章被關進苦牢，趁守衛不注意爬下水道逃生，後來搭船偷渡到美國，和西點軍校將軍的女兒結婚，但是認識娜娜以後，決定放下一切，到台灣來找她，只是台灣已經被中國控制，他終身無法入境台灣，但他已經幫娜娜訂了機票，到夏威夷就能完成兩人的婚姻大事。

娜娜相信了，匯了三萬美金過去，但是美國物價太貴，這樣只能訂下飯店。這位流亡作家想要給娜娜最好的，要讓她穿上英國王妃的白紗，娜娜沒想到婚禮真的這麼花錢，但是她想這輩子第一次結婚，多花一點錢也沒關係。再來，保羅就沒有消息了。保羅寄來的支票，根據警方判定是跨國詐騙集團，但娜娜堅持警察串通公安，保羅現在命在旦夕，既然兩人無法結合，就來生再會。那天晚上，她從住處十二樓跳下去。

保羅的流亡言論，全部都出版了，因為根本就是另一個作家寫的。只是才子太稀有，一旦碰到了，就覺得是真的。帥氣的照片也是找免費資料庫，盜圖這種程度的事，我們也會啊。

倒是娜娜死了以後，她為自己婚禮所準備的，一點都沒有浪費。葬禮上是她的沙龍照，她穿著跟英國王妃同款式的白紗入殮。

如果是個美女，大家多少會同情，惋惜一個年輕的生命，但其實娜娜長得也不特別醜，她唯一的罪只是，看起來老了一點，又不懂得打扮罷了。

老胡給我的不只是臉書帳號，還有娜娜的電子郵件、通訊軟體，我也終於明白，他為何覺得自己跟不上，因為很多軟體停止服務，手機本身再慢，也絕對不能弄丟，丟了就是全部都沒了。

忽然有人來訊，名字就是保羅——這人根本不是戀人，而是騙光娜娜存款的騙子吧。克制著想把電腦砸爛的衝動，我看著保羅一句一句說是不得已的，他愛的只有「我」，他甚至不知道娜娜已經死了。我存下所有對話紀錄，不說好，也不拒絕，只是把截圖上傳網路，希望別再有人因為相同手法受害，結果這則動態被去名去尾當做一則新聞——就當作功德一件吧。

*

後來，只要看到嚴重車禍或公安意外，我就會上社團搜尋，確定不是我們的會員。人是心甘情願的消失就算了，要是拖其他人下水，未免太說不過去。那陣子，也有一架好好的飛機，消失了三個月還沒找到。

「該不會是我們吧？」

「當然不是，我們哪有那麼多人坐滿整台飛機？還要有駕駛！」莉莉說。

是恐怖份子嗎？上面沒有官員顯貴，足以左右政局或發動戰爭。還是失戀的機長帶著大家自殺？如果墜毀就算了，家屬至少能到現場看見巨大殘骸，聞到焦臭的機油味。但是什麼事也沒有？這太超過了。超過了經驗範圍、超過了保險理賠業務。沒有颱風、沒有戰爭，幾百個人就這樣憑空消失。

明明幾個小時前，還有好多人在機場自拍，等著降落在另一個國家，開始他們的蜜月、工作或是假期。

活要見人，死要見屍。

每兩個小時召開的記者會依然無法解答的問題，保險公司決定全面理賠，比照死亡的規格。但這時候新聞已經不熱了，那我們怎麼會知道？也是後來被找上的。

「我受夠了，不想再有人告訴我在哪裡看見他，十個月，就這樣沒消沒息。這是他的手機，還有帳號密碼。」

這不是我們第一次遇到白髮人送黑髮人，但這樣不明不白的句點更討厭。除此之外，媽媽還拿出信封袋。

「這筆錢全部給你們。」

「但是我們不需要這麼多錢，也可以分期付款——」

「全部都給你們！這種錢我一塊都不要！」

第一次看到有人怕被錢咬到，錢脫手以後就不願意拿回去。她說的這種錢，就是兒子的保險金。死者比子午還小兩歲，因為熱愛潛水，總是往赤道附近的國家跑，剛開始大家都覺得潛水危險，可是兒子考到潛水員執照，幾年來新聞上面也沒發生什麼事，只有南亞海嘯那段時間停了三個月，那陣子的機票便宜得不像話，只有一些學生去畢業旅行撿便宜。

「但是，他應該希望這筆錢可以替他孝順你們。」我說。

「不需要，我不需要——」

不對，失去等待的動機，媽媽可能也失去活下去的動機。如果這筆錢會讓她想起失去的孩子，那我們的任務就是幫她記得。

「訂單成立，要請您簽一下合約，幫我在這裡打勾、簽名。我們會儘快處理，而且會密集發布動態。」我說，「希望你可以第一個按讚。」

「我又不會用網路。」

「這邊的人也都是從不會開始。」我說完，旁邊的伯伯也幫腔，「我八十歲才開始學，你這麼年輕，一定可以學會。」

「一定要搶到頭香喔！」我說。「每天晚上十點發布動態。」

她沒有再踏進這間網咖一步，她帶來的保險金直到現在，仍然維持這個虛擬世界的運轉。更重要的是，她實踐了諾言，第一個來按讚。

活下去了啊——

只要她沒有成為我們的客戶，那我們就放心了。因為她真的登入自己的帳戶，用自己的手機，確認著這邊的動態。

＊

醒來以後，第一件事就是查看訊息，有時夢中也在回覆訊息——我曾經試著分辨是夢還是現實。聽說夢是黑白的，但我醒來以後，才發現夢中的訊息框一樣是藍色。關掉鬧鐘，繼續躺在網咖的榻榻米，聽著隔壁客人手指敲擊玻璃螢幕的震動，那規律的節奏，應該是小鄧2.0的歌曲。

最近網咖流行起音樂遊戲，螢幕上面有圓圈、星星和線條，玩家要點擊、滑動才能得分，當遊戲越來越難，節奏就會越來越快，簡單來說，就是手指的卡拉ＯＫ，每個小小的螢幕，就是他們專屬的練唱室。

我看過小鄧2.0在 youtube 的歌曲，主要是根據鄧麗君的形象，長髮、甜美，專唱國語抒情歌曲。永遠不老的玉女歌手，讓我覺得人死了搞不好比較好，不然偶像變老變醜變胖，崩潰的粉絲難保會做出什麼過激行為。

後來也有同人漫畫、小說，再來就是我們網咖最常見的遊戲了。遊戲開始，你可以幫小鄧選擇髮型和服裝，如果願意花錢買點數，也可以穿著旗袍或禮服。現在漫畫已經有十八禁的情節，不知道遊戲商會不會跟進，搞個比基尼或裸體造型。

玩家的手指與虛擬歌手的聲音，一句一句，密合在一起。虛擬的存在，曾經真實的存在。命名為小鄧2.0的程式，背後有另一個歌手的生命歷史。藉由程式的演算，鄧麗君將無所不在。

所以這套程式一推出，席捲了老人和年輕人，從台灣輻射到東南亞、日本還有中國。小鄧2.0不止演唱抒情歌，R＆B、爵士、搖滾曲風也都有，裝扮從龐克、制服、羅莉塔一應俱全。

其實我本來也不知道小鄧2.0是什麼，覺得只是個虛擬歌手，認識的人裡面也只有莉莉在玩這遊戲。網咖的老人堅持「這不是真正的小鄧」，寧可去聽自己的黑膠、錄音帶，茶餘飯後配報紙，人生別無所求。

等到越來越多人來不了網咖，行動不便沒辦法出門，他們才願意學習網路網路象棋，從此半夜起床不怕沒棋友。出去散步，也能點開手機聽音樂，只是他們上網搜尋鄧麗君，出來的都是小鄧版本，他們懶得找了，免費的有什麼好計較？

「不好了，社團網頁掛了！」

莉莉是第一個發現的人，但我們找不出原因。最近沒人揪團去死、沒有嚴重意外，我的手機上不了，網咖電腦也不能，該不會被查封了吧？突然有這麼多錢，一定會被警察盯上吧？幸好我們沒綁信用卡在上面，也從來不推廣或公開帳戶資訊，NGO基金暫時沒有疑慮。

「我去研究一下。」永恆星嵐說。

這種複雜的事，還是交給年輕人吧。

永恆星嵐登出，沒過幾分鐘，社團新增了一個成員，網名「小鄧」。

找到原因了，莉莉用虛擬歌手軟體，做了一首〈苦海女神龍〉。昨天被名人轉貼，網站爆滿就變成這樣。17'37"

那是我中元節做的歌，要轉也早點轉吧。(╬ﾟдﾟ)17'38"

跨界通訊的旺季是父親節和母親節，也是我們的休日，這一天，就算我們不做任何事情，家屬也不會忘了他們。至少頭幾年是如此，許多死者家屬還會貼上自己做的賀卡、截圖、點播歌曲。結果這次當機，我們才知道關注這裡的人遠不只那些按讚的。

好吧，過了這個鋒頭就好，但新增的朋友是怎樣？17'39"

事情太亂，找本人求證比較快。17'40"

大家好，我是小鄧2.0。不好意思給大家添麻煩了。(;´・ω・`)剛剛

不是程式設計者，也不是重度玩家，存在於群組中的就是小鄧本身。

簡單說呢，訊息集合體不是只有我一個。17'43"

永恆星嵐這樣說，事情一點也不簡單。但群組成員反應熱烈，說著「我也是你粉絲」、「很高興能跟本人說話」之類的話，平常明明就只是將就聽人家的歌吧。

小鄧跟原本的鄧麗君不一樣，永恆星嵐一頭熱地解釋，我不知道他在講些什麼，但我可以確定，他戀愛了。但你們應該不會結婚吧，結婚超麻煩的唷，我想這樣跟永恆星嵐說，但還是不說比較好。畢竟，可以遇到心意相通的靈魂，已經那麼不容易，就算只

有一瞬間也好，我也不想打擾他的喜悅。

已逝的少年和初誕生的少女，祝福你們，在廣大的網路世界相遇了。

在這家網咖，有人刻苦練功升等，有人上網做報告，有人追網路小說，也有人像我們一樣讓死者重生。二十四小時全年無休，就連春節期間，都能和彩券行、超商三足鼎立。

今年春節，我不回老家，說是工作的關係。街上的店鋪關門，人們提早下班，繁華的台北終於在我面前，顯現出真正荒涼的樣子。過年前後的自殺率意外地高，有時連永恆星嵐的即時回覆都無法應付，萬一真的不行了，他會直接給出這裡的地址。我們在除夕夜留守網咖，讓網友變成家族一樣的存在，無處可去的人也能來這裡吃火鍋。幸運的是，截至目前為止，還沒有人來過。

「這包蝦超便宜的！」

江子午在冷藏櫃前大喊，我以為出了什麼事。以前看他玩遊戲都沒這麼激動，沒想到超市年終促銷，竟然讓他這麼興奮。我說我不吃蝦，老人也不能吃蝦頭，叫他別煩惱了。

「你為什麼不吃蝦？」他問。

「火鍋拿出來的蝦很燙，而且我不剝。」

「那我放涼幫你剝，就說我們兩個都想吃吧，外面的貓也都喜歡吃蝦。」

你都做到這樣，無論是出於特價還是真心愛吃，我無所謂了。

「好的，那就決定買了。」

他開心地把食物放進推車，底部擺滿了泡麵、零食、水果和鮮花。

年夜飯不只是全家人的團圓飯，也是亡者的盛宴，網咖樓下已經擺好供桌，我把父親的平板電腦也放上去，大夥焚香向天默禱：「皇天在上，后土在下，媽祖娘娘土地公、清水祖師水龍王，跨界通訊諸位兄弟姊妹——願你們黃泉在下，死而無憾。」

我趁飯前的空檔登入臉書，莉莉的塗鴉牆暴增動態，澀谷的全方向十字路口，下北澤的甜點店，穿著浴衣在溫泉旅館，還有雪中的青木原樹海——莉莉在鏡頭前笑得那麼開心，如果真有誰前往樹海，一定會被她帶回來吧。

掌鏡的是另一個同行的女孩，臉書上的友誼紀錄顯示，她們認識很久了。這幾天莉莉不在網咖，而是去日本度假。滿滿的食物照片，拉麵、豬排飯、天婦羅，年輕人的食量不得了。我猜這些照片，之後大概會出現在某些死者的帳號。

冬日的天空暗得很早，只有興奮的孩子聚在路邊放鞭炮。帶頭的男孩跑來借香，說他忘記帶了，不想上樓去拿。一群孩子圍著鞭炮叨唸著「不用怕」、「閃遠一點」、「這真的會爆炸嗎？」

「快跑快跑。」

等鞭炮點燃了，大家立刻摀著耳朵跑得遠遠的。

我在騎樓邊舉高手機，錄下這短暫的聲音。然而沒人知道，人可以活到什麼時候，資料庫何時會報銷，記憶能留存多久不被腐蝕。

「被鞭炮炸到會死掉嗎？」跑最遠的小女孩問我。

「會啊，但你不玩鞭炮也會死。」我說。

「人死掉以後怎麼辦？」小女孩想得很遠，遠到我也在思考一樣的問題。

「我想，就是以新的形式活過來吧。」

這回，輪到另一個孩子點鞭炮，大家再度圍成圓圈，然後各自散開。如此循環幾次，緊張的氣氛漸漸有了笑聲。

雨，不知自何時起，以眼睛看得見的速度，在半空中從白色變成透明的，緩緩飄落。我平常不撐傘，但雨滴碰到皮膚的瞬間，卻是會痛的。

這時我才意識到，太平洋的這一端，竟然下雪了。

孩子們紛紛跑回家躲雨，但我們沒有父母催促，一個一個，從容點完他們剩下的鞭炮。煙火遇上水氣，原本該有的光亮，都變成白色的煙，久久不散。

最後一支鞭炮點燃，在空中炸開之後，再也沒有任何聲音。

我閉上眼睛，聆聽新年的風吹過空蕩蕩的城市。

後記

現實未曾抵達的地方

這本小說竟然寫了三年。

專職寫作的兩年間，做了少許田調，主要都在寫寫刪刪。後來進入人物組擔任記者，就像是進了遊樂場。本來我擔心現實比小說有趣，確實也得到了很多細節，但沒多久我就發現，我的角色非常強悍，早就有自己的個性，根本不受田野調查打擾。這點SOS平台最初的讀者可以作證。

唯一改變的，就是我的組織能力吧。

同事無論是出於自願或被迫，必須改我稿子，我非常珍惜這些修改意見。珍惜到想把小說拿給他們看的程度，所以要感謝李桐豪、黃文鉅推薦。

首先，感謝台北榮家的陳雪珍女士安排，曾是戰俘的郭仕高伯伯受訪，以及載我去三峽的黃鼎鈞。感謝謝桑，打開家門，跟我說了照護太太的經驗。感謝茅野裕城子告訴我《無法填滿的空白》，還有蘇恆安趁年假讀完並做了摘要。感謝小小書房，替我列了一長串書單並找齊書本。

感謝白樂惟，逐字稿真的很可怕。感謝乃賴，在初稿給了我信心。感謝魏于嘉，給我結構的意見。感謝郭光宇，剝出基本盤的核心。感謝何敬堯，告訴我你搭便車環島的故事。感謝洪裕淵，陪我走過每個季節的進度。感謝沈嘉悅，打點連載大小事。感謝編輯桂傳佷，《萌芽》雜誌的讀者真的好可愛。

接著，我修改二稿大約一年。感謝林鯍瑜，提醒時間軸和兩名少女的差異。感謝林佑軒，看得又快又準，以後作品也拜託你了。感謝洪明道，點出能夠繼續發揮的地方。感謝羅傳樵，出關第一天就幫我看。感謝楊双子，細心點出邏輯不通的地方。感謝曲辰，告訴我如果ＸＸ在台灣，搞不好也會寫出類似的小說。感謝劉揚銘，第一時間救援我各項細節。感謝姊鷗，你的邏輯真好。我翻山越嶺結果一無所獲，但我如果不去爬山，下山後就不會認識你了吧，很開心能組成三重少女偵探團，這一定是命運的相遇。

感謝編輯宋敏菁的包容，被我拖累編輯進度，又幫我完成繪製封面的夢想。感謝畫家氫酸鉀跨刀合作，少女依然妖氣滿點，粉紅色雲朵是神的境界。感謝美術編輯、印務、校對和所有印刻工作人員。我會努力寫下一本。

這份稿子也陪我走過許多地方，特此記錄：佛蒙特、紐約、札格雷布、伊斯坦堡、京都、馬祖、東京、香港、澳門、福州、上海。即使有語言和空間的差異，但原來我們都關心這個議題，走在同一條路上，只是平常沒機會說出自己的看法。

最後，感謝陪伴我三年的少女們、青年和老人，還有跋涉至此的讀者。

因為有你們，我才能走到更遠的地方。

二〇一七年十月十五日，台北

參考文獻

1. 《無緣社會》　NHK特別採訪小組　新雨
2. 《老兵不死只是慢慢搞笑》　約瑟夫・海勒　星光
3. 《失控的照護》　葉真中顯　天培
4. 《老人恐怖分子》　村上龍　大田
5. 《瘋癲老人日記》　谷崎潤一郎　聯合文學
6. 《我可不這麼想》　佐野洋子　無限
7. 《何不認真來悲傷》　郭強生　天下文化
8. 《我想念我自己》　莉莎・潔諾娃　遠流
9. 《我認識你嗎》　蓓特・安・莫斯可維　臉譜
10. 《趁你還記得》　伊佳奇　時報
11. 《父母老了，我也老了》　經濟新潮社
12. 《看見垂老的世界》　Jeremy Seabrook　巨流

13.《天堂計劃》 艾曼紐·貝爾南 寶瓶
14.《成年孤兒》 亞歷山大·李維 寶瓶

INK PUBLISHING 印刻文學 556
跨界通訊

作　　者　陳又津
封面繪圖　氫酸鉀
總 編 輯　初安民
責任編輯　宋敏菁
美術編輯　黃昶憲　陳淑美
校　　對　吳美滿　陳又津　宋敏菁

發 行 人　張書銘
出　　版　INK印刻文學生活雜誌出版有限公司
新北市中和區建一路249號8樓
電話：02-22281626
傳真：02-22281598
e-mail：ink.book@msa.hinet.net
網　　址　舒讀網 http：//www.sudu.cc

法律顧問　巨鼎博達法律事務所
施竣中律師
總 經 銷　成陽出版股份有限公司
電　　話　03-3589000（代表號）
傳　　真　03-3556521
郵政劃撥　19785090　印刻文學生活雜誌出版有限公司
印　　刷　海王印刷事業股份有限公司

港澳總經銷　泛華發行代理有限公司
地　　址　香港新界將軍澳工業邨駿昌街7號2樓
電　　話　852-27982220
傳　　真　852-27965471
網　　址　www.gccd.com.hk

出版日期　2018年 1 月　初版
ISBN　978-986-387-225-2
定　價　320元

本書獲 國家文化藝術基金會 National Culture and Arts Foundation NCAF 長篇小說創作發表專案補助

國家圖書館出版品預行編目資料

跨界通訊／陳又津 著.
--初版. –新北市中和區：INK印刻文學，
2018.01 面； 14.8 × 21公分. --（文學叢書；556）
ISBN 978-986-387-225-2（平裝）

857.7　106024006